Adele Patrizia D'Atri

Occhi Rossi

ISBN 978-1-84753-159-9

Questa raccolta di racconti horror è un'opera di fantasia. Nomi, personaggi, avvenimenti, luoghi e situazioni sono immaginari o usati in chiave romanzesca. Qualsiasi riferimento a persone e ad aziende realmente esistenti o a fatti reali è da ritenersi puramente casuale.

Prefazione

"La vita è un libro di oscure pagine da cui trapelano i mostri che ognuno ha nell'anima". E' forse da qui che prende avvio la penna della novella scrittrice, Adele Patrizia D'Atri, che nello scrivere diretto e innovativo nel genere horror, porta a galla le paure, le angosce, le fobie e le allucinazioni della nostra epoca. Qui l'assassino, proprio come lo descrivono le cronache quotidiane, è mosso ad uccidere per motivi che ai nostri occhi appaiono insignificanti, ma che invece hanno origine nel profondo di ognuno. Chiaro e lucido il ritratto del killer, che è sempre l'uomo o la donna della porta accanto, che uccide con naturalezza e dopo tanta brutalità ritorna ai suoi pensieri abituali. Indagando più a fondo emerge il profilo sociale dell' omicida che è sempre un personaggio solo, normale, dannatamente normale, un po' frustrato, magari con un'infanzia difficile. Una vita quella narrata in questa raccolta di racconti, dove novelle "Biancaneve" non cercano di essere svegliate dal lungo sonno da improvvisati principi azzurri. Dove ogni fobia, ogni forma di pazzia ha radici nel vero, nell'accaduto. Dove il vuoto, la ricerca dell'anima, che poi essa stessa può trovare noi, i fantasmi si trasformano in un reale incubo in cui, ad un certo punto, ci si domanda se la stessa esistenza è reale. Noi tutti dovremmo "verificare di essere svegli". Perché i mostri esistono, *"sono reali come la vita stessa"*. In ogni racconto ci sono lacrime di pioggia, silenzio, il ritorno all'infanzia, laddove si forma la mente di ognuno e dove potrebbe nascere la potenzialità di un assassino. C'è poi la vendetta che ha radici profonde. Una sera che può diventare indimenticabile per una stramba nonnina che ama sferruzzare e con i ferri uccide il nipote, cattolico convinto che stava premeditando il suo stesso assassinio. Originali i personaggi protagonisti di quest'horror ironico e a tratti grottesco. C'è l'allucinato che esce in ciabatte e mutande a comprare uno spray per uccidere uno scarafaggio gigante. Il medico *"I – netto"* che scopre che non è tagliato per fare lo psichiatra. L'assassina che nel momento di recidere la lingua della vittima scopre che ha i denti cariati. L'anima che compare al suo corpo nella tazza del water mentre la sua

proprietaria sta tirando lo sciacquone. L'uomo "tartaruga" che rischia di rimanere ucciso dal suo stesso peso. Ma c'è molto di più. Questi racconti sono favole moderne dove dei e demoni, inferno e paradiso s'incrociano, si sfiorano, per poi lasciare alle vittime il libero arbitrio di muoversi in un mondo chiuso, minuscolo, come la mente di un assassino. Infine, i racconti di Adele Patrizia sono poesie. Ci sono *"scie azzurre sul mare viola"*. C'è *"cenere caduta e luce arancione ad abbagliare pupille spente"*. *"Esistenza è tormento. Fobia. Morte. Vita e morte. E se è vero questo, è vero il contrario"*.

Angela Francesca D'Atri

"Nelle orme fredde che il tempo lascia, nelle angosce di esistenze misere e dolenti, il vento raccoglie sogni e speranze che la tempesta del concreto ha spazzato via.
I colori sbiadiscono con l'avanzare dei minuti.
Buoni sentimenti diventano rasoi taglienti nelle mani esperte di un assassino.
Nelle orme fredde che il tempo lascia, l'uomo arranca in cerca di una via, la sua."

Adele Patrizia D'Atri

I Mostri

I mostri sono dietro gli angoli. Chiusi dentro gli armadi della vita. Si arrampicano sui soffitti. Sono nei corridoi illuminati dal sole. A volte scompaiono per apparire a sorpresa quando hai dimenticato che esistono. I mostri seguono le nostre orme, fiutano il nostro disagio, corrodono i nostri pensieri, induriscono il nostro animo.

In compagnia di questi pensieri, trascorre il giorno seduto su una panchina. I minuti e le ore non hanno importanza.
L'ansia per il trascorrere del tempo è storia passata.
I mostri sono ovunque, dietro le scrivanie dei dottorini che cercano di curarlo, sotto i letti polverosi di vecchie pazze. I mostri non sono ossessioni. Esistono. Non sono quelli descritti da Lovecraft. Non è Cthulhu il mostro. I mostri sono ben altri e sono reali. Reali come la vita stessa, se è vero che esiste. Reali come un dannato crampo al piede. Se chiudi gli occhi e respiri profondamente li potrai scorgere lì, nell'angolo remoto e polveroso dei tuoi trascorsi. Li vedi abbracciarti, gremirti, soffocarti. Per cosa deve essere curato lui? Per cose che tutti vedono e fanno finta di non vedere? Solo perché ne ha ammesso la presenza, merita forse l'appellativo di folle? Eppure è così.
Durante le sedute con il dottor Netto ha provato a chiarirgli il concetto. Lui, al contrario di altri, ha solo ammesso quello che è.
La gente avanza a passi spediti con i paraocchi. L'impegno cela i mostri. Nella notte i sogni sono imprigionati in un sonno profondo. Si annulla il proprio genio, purché non ammettere che proprio lì, sì proprio lì dietro la finestra ombreggiata della camera da letto, c'è un mostro. Un mostro che aspetta.

Ed era proprio così che era andata la prima volta che lo aveva visto. Nascosto dietro le tende della finestra aperta. Era trasparente, sembrava un angelo. Le tende sottili gli avvolgevano il corpo esile. Non ne ebbe paura, ne fu attirato. Come in trance si diresse verso il mostro, ma non spostò le cortine. Attese che parlasse, ma la creatura cominciò a piangere.
«Perché piangi?»

«Perché non lo hai fatto tu»
Allibito da quella risposta si sedette sul bordo del letto, smarrito, senza ribattere. Capiva cosa aveva voluto dire la creatura. Ritornò col pensiero al giorno in cui non pianse. Si alzò di scatto e spalancò con forza le tende. Il battito del suo cuore rallentò per poi cominciare una corsa sfrenata. La sua bocca divenne arsa come i deserti. Il volto della creatura era una maschera di sangue. Le sue mani erano scorticate fino a mostrare le ossa, il suo vestito bianco era chiazzato di rosso.
«Anita… Anita»
Una folata di vento fece alzare i capelli castano scuri del mostro. Per un solo istante la figura riprese le sembianze di Anita. I capelli lunghi scuri le ricaddero sul viso dolce. Le mani riapparvero lisce e affusolate.
Poi scomparve, lasciandolo solo.
Anita era stata sua moglie, morta in un incidente stradale che l'aveva resa irriconoscibile. Lui non vide il cadavere, non pianse. Infagottò quello che gli restava della sua esistenza e progredì lungo il sentiero ripido dei giorni.

Chiuse le finestre e sentì un brivido. Cercò di dire a se stesso che era stata un'allucinazione. Ma non era così.
Si buttò sul letto fino a che i suoi battiti rallentarono ed il suo respiro tornò regolare. Dormiva. E sognava.
Si rivedeva raccattare tutte le cose di Anita e buttarle in un grosso sacco verde. Si vedeva chiudere l'uscio di quella che era stata la loro casa. Sentiva sul viso l'arietta sottile della sera. Udiva il rombo del motore che lo allontanava dai mostri.
Quanto tempo era trascorso? Dieci anni? Forse più.

Si svegliò tra i singhiozzi. Piangeva. Fuori era buio, la sua camera non gli era mai apparsa così avvilente e orrida. Accese la luce e indossò il pigiama. Si chinò a raccogliere le ciabatte e vide un'ombra sotto il letto. Stette immobile non sapendo cosa fare, cosa pensare. Aveva paura. Anzi era paralizzato. Scappò in cucina sbattendo la porta. Si accasciò sul divano e pensò che era solo un incubo, un terribile incubo. Non c'era motivo per non tornare nella camera. Così fece, seppur intimorito. Accese tutte le luci e strappò via le coperte dal letto, poi prese la lampada dal comodino e la mise sul pavimento, per illuminare sotto il letto. L' ombra era ancora lì. Oddio era davvero lì. Non era stato un incubo. Anche Anita era reale, quindi. Indietreggiò fino al comò e cadde seduto. Che era quell'ombra? Sentiva il suo cuore correre all'impazzata, ma se non voleva rimanerci secco doveva agire, vedere cosa si nascondeva nel buio. Poteva trattarsi di un oggetto inanimato... magari un cumulo di panni finito lì per caso. No. Non era così. Lo sapeva. Al diavolo, doveva vederci chiaro. Illuminò di nuovo il pavimento e vide l'ombra muoversi, avanzare verso di lui. Oddio! Che era? Un animale? Le dimensioni erano quelle di un gatto piuttosto grande. Impossibile. Non poteva essere entrato un gatto. Abitava all'ottavo piano e nel condominio erano vietati gli animali. Dannazione, non poteva essere neppure un topo, però. Era impensabile, troppo grosso. Neppure le pantegane del Tevere erano grandi quanto quell'ombra. Doveva trattarsi di un'allucinazione. In ogni caso non si sentiva così coraggioso da inoltrarsi nella penombra e senza un'arma nel covo dell' essere. Così si armò di una scopa, un coltello da prosciutto e di una torcia elettrica, ma tremava e non aveva nessuna voglia di scoprire di che animale si trattasse. Poteva sempre chiamare il vicino di casa, dirgli che sotto il suo letto c'era... cosa c'era? Che gli avrebbe detto? C'è un gatto? E avrebbe chiamato il vicino per dirgli che c'era un innocuo felino sotto al suo letto? Poteva dirgli che c'era una pantegana. No che non poteva. E lo sapeva. Tra l'altro se fossero state solo allucinazioni? Lo avrebbero scambiato per un folle. Doveva cavarsela da solo. Spalancò la porta della camera da letto e si lanciò di scatto sotto il letto per poi uscire di gran carriera allo stesso modo in cui era entrato. Non era un gatto. Non era una pantegana. Era un enorme scarafaggio. Un gigantesco, nero, lucido scarafaggio. Uscì in fretta dalla camera da letto senza girarsi a guardare se l'orribile mostro lo inseguiva. Chiuse a chiave la porta, come se l'animale fosse in grado di abbassare la maniglia. A quel punto gli venne in mente che forse la blatta era in grado di tagliare il legno della porta. Oddio, che doveva fare? Aveva sempre detestato quegli insetti. Ne aveva una paura fottuta. Era una fobia che pensava di aver cancellato con la crescita. Invece l'aveva solo aggirata. Come aveva fatto con la morte di Anita.

Non poteva essere vero. In attesa di sentire le zanne dell'essere rosicchiare la porta si sedette in corridoio e ponderò come uscire da quell'incubo. Inutile prendersi in giro, non avrebbe mai avuto il coraggio di affrontarlo neppure con una pistola, che tra l'altro non possedeva. E allora come? Gli tornò alla mente una pubblicità che parlava dello scarafaggio nipponico. Quegli astuti giapponesi, vittime dei nemici neri corazzati, avevano scovato un prezioso stratagemma. Uno spray geniale. Un affare che si poneva al centro della stanza, se ne tirava via la linguetta ed emetteva un gas velenoso capace di sterminare qualsiasi essere vivente. Capace di uccidere persino gli scarafaggi, statisticamente favoriti nella sopravvivenza dopo un'esplosione atomica. Dunque, riassumendo, bastava trovare un negozio aperto tutta la notte provvisto del portentoso spray. Un po' complesso alle undici di sera, ma non impossibile. Se non fosse che lui era in pigiama e che il suo armadio si trovava in camera da letto. Al diavolo sarebbe uscito in mutande se fosse stato necessario. E con le ciabatte, perché no? In fondo non erano neppure così brutte. Prese le chiavi e uscì di fretta, sperando nella buona sorte o almeno di non essere scorto dal vicino di casa.

Non poteva pensarci. Un grosso scarafaggio sotto il letto. Forse era affetto da una qualche patologia psichiatrica, o peggio, un tumore al cervello. Allucinazioni. Solo allucinazioni, ecco di cosa si trattava. Come aveva potuto credere si trattasse della realtà? Davanti al drug store, con le mani nelle tasche del pigiama, appoggiato allo sportello della sua macchina si chiedeva se non fosse il caso di prendere un appuntamento con il suo medico. Ad ogni modo avrebbe acquistato lo spray. Anche le normali blatte lo infastidivano. Così, in ciabatte, entrò nel negozio. Passò tra gli scaffali sotto lo sguardo divertito dei due commessi.
Ricordò il giorno in cui, bambino, si era recato a scuola in ciabatte. Che vergogna. Era stato davvero umiliante. Quella mattina era in ritardo pazzesco. Non aveva fatto caso, nella corsa fino a scuola, di essere uscito in ciabatte. Tra l'altro, sempre per via del ritardo, non aveva incontrato nessuno fino a scuola. Si ero accorto delle sue ciabatte di lana quando ormai era troppo tardi. La lezione era cominciata. I risolini dei suoi compagni gli fecero drizzare le antenne. Abbassò lo sguardo sui suoi piedi e si accorse che era in

ciabatte. Ciabatte. Troppo lusinghiero chiamarle ciabatte. Marroni imbottite di lana grigia. A forma di scarponcino. Una ciabatta certo non adatta ad un bambino, bensì più ad un nonno immobilizzato con seri problemi di circolazione ai piedi. Dinanzi ai suoi compagni arrossì violentemente. Lo beffeggiavano. Avrebbe voluto sprofondare. Era stato talmente forte lo shock che non lo avrebbe dimenticato per tutta la vita. Invece non era andata così. Finite le elementari si era liberato dell' "incubo-ciabatta" e non ci aveva mai più ripensato. E allora perché mai doveva pensarci adesso? In fondo le sue attuali ciabatte non erano certamente sgraziate come quelle di allora.
Ma l'imbarazzo era un demone. Uno dei peggiori per essere precisi. Guardò i commessi e notò risolini trattenuti a stento. Doveva concentrarsi. Aveva bisogno dello spray. Forse a casa ad attenderlo c'era lo scarafaggio. O forse no. Comunque era lì ed avrebbe fatto il suo acquisto. Forse la sicurezza di essere armato avrebbe placato le sue fantasie. Quegli sguardi continuavano a distoglierlo dalle sue ricerche. Decise di chiedere l'insetticida direttamente ai commessi, ma mentre si avvicinava i due assunsero un altro aspetto. Divennero mostruosi. Teste infantili su corpi adulti. Le mani dei due stavano mutando aspetto. Notò il cadere delle unghie e lo stillicidio di sangue sul pavimento. La pelle dei loro palmi si andava sollevando emettendo un rumore alquanto sgradevole, come lo scollarsi da qualcosa di appiccicaticcio. L'odore che aleggiava nell'aria era nauseante, come di formaggio andato a male. O di piedi sporchi. Molto luridi. Poi notò il palmo di un commesso squarciarsi. Dal taglio prima uscì un immensa dose di pus, poi sangue. Ed in ultimo finalmente lei. La suola di gomma.
Le mani stavano assumendo l'aspetto di ciabatte! Marroni. No, non erano fottute allucinazioni!! Quegli orribili mostri ridevano e gli mostravano le mani-ciabatte. Si burlavano di lui.
«Ah quel giorno che venne a scuola in ciabatte! Che forza! Mai visto un tonto come lui. Avrebbe dovuto interpretare Loyd al posto di Jim Carrey in "Scemo & più Scemo" »
A quella battuta i due scoppiarono a ridere a crepapelle. Fino a quando lui prese da uno scaffale un martello e si scagliò su di loro.
Perché non c'è niente al mondo che fa infuriare di più della vergogna. Niente incita la violenza come l'imbarazzo. Niente.

Seguì una breve lotta in cui i commessi la fecero da padroni. Poi chiamarono la polizia ed un'ambulanza.

Capiva che non erano i commessi i mostri. Sapeva che il vero mostro era la vergogna che aveva camuffato i loro corpi. In ogni caso non era un male essersi svegliato in ospedale. Dopo un attento esame, la diagnosi fu "stress". I commessi ne ebbero pena e decisero di ritirare la denuncia.
Decise che si sarebbe curato in una clinica privata, un luogo in cui riposare e seguire una terapia.

Ora si trovava lì, seduto su una panchina di "Villa Bentivoglio"
«Signor Bruni, è sveglio?»
Era l'infermiera che andava ad avvisarlo che il dottor "I-Netto" era disponibile per la terapia quotidiana. Si alzò dalla panchina dandosi un'occhiata intorno. Nessun mostro all'orizzonte. Si avviò allo studio.

«Dottore, è necessario che mi creda. I mostri esistono.»
«Certo, ma adesso si accomodi e si rilassi»
«Lei non pensa che io sia stressato. Pensa che io sia schizofrenico, depresso o chissà cosa.»
«Io non penso niente, ora si calmi.»
«Lei, lei...» e lo additò minaccioso «mi tratti da uomo, non da demente! »
Il medico sembrò riflettere. Rimase in silenzio per un tempo che a Bruni sembrò lunghissimo. Poi parlò:
«Vuole che io la tratti come se non fosse un paziente? Bene! Non ne posso più dei suoi mostri. Mai, e dico mai, mi è capitato di conoscere un uomo come lei. Demente dice? Magari fosse un demente! Non c'è termine per definirla.»
Poi parve calmarsi. Con voce bassa e infinitamente avvilita disse:
«Di una cosa sola possa ringraziarla» alzò gli occhi sul viso attonito di Bruni e riprese:
«Ho capito che non sono adatto per questa professione. Per fortuna in tempo. Lei è stato il mio primo paziente, appena uscito dalla scuola di specializzazione. E di questo la ringrazio. Non voglio

passare la mia vita a curare persone annoiate che si inventano mostri.»
Bruni si sentì bruciare quelle parole dentro, fino allo stomaco.
«Senza dubbio, dottore, lei non è idoneo. Non è idoneo né come psichiatra, né come medico e, me lo lasci dire, neppure come uomo.»
Si alzò dalla poltroncina e fece per andare via. Invece si girò e aggiunse:
«Un giorno vedrà la scure dei suoi mostri ricadergli sul capo, ma quel giorno io non sarò più qui a dirle come liberarsi di loro.»
Andò via sbattendo la porta.

Netti rimasto solo, si strappò il camice da dosso e calpestò la sua targhetta fino a quando non si ruppe.
Annullato si sedette con la testa tra le mani. Ripensò alle parole del padre. Del suo celebre padre. Illustre chirurgo, stimato scienziato.
«Non diventerai mai medico. Non sopporti neppure la vista del sangue. Anche se tu decidessi di occuparti di qualcosa come la psichiatria avresti comunque contatti con cadaveri, infezioni, ustioni, piaghe. E infine ricorda: le cancrene della psiche a volte possono essere peggiori di quelle fisiche.»

Maledetto padre! Maledetta verità! E poi che schifo la cancrena. Ripensò a qualcosa a cui non aveva più pensato da anni. Ritornò ai giorni del suo tirocinio, quando un sadico professore lo aveva condotto con lui da una paziente. La donna era posta su un lettino. Nella stanza l'odore era insopportabile. Faceva caldo. Dalle 7 del mattino trottava per la corsia saltellando da una camera all'altra. Ed ora quel pazzo lo costringeva a vedere e magari eseguire con lui "questo piccolo intervento" come lo chiamava. Inoltre la piccola e pestilenziale stanza era gremita di personale.
«Avvicinati, guarda...guarda la cancrena cosa ha fatto! Adesso amputiamo i talloni.»
Guardò facendosi forza e trovò finanche il coraggio di dire:
«La paziente verrà addormentata?»
il dottore lo guardò incredulo e canzonante:
«è carne morta, figliolo, non sentirà nulla»

e così il medico cominciò sadicamente a tagliuzzare i poveri talloni in necrosi, tra le urla strazianti della paziente.
Uscì dalla stanza in preda a tremori. Pensò che non poteva diventare medico. Ma poi guardò l'orologio e vide che erano le due e doveva andare a lezione. Così non ci pensò più.
Adesso tra le lacrime del suo fallimento ci ripensava.
Prese le sue cose ed uscì. Una volta in macchina accese la radio e partì, ma non fece molta strada. All'uscita dell'ospedale c'era un incidente stradale. Era ancora un medico e doveva prestare soccorso. Così scese dalla BMW e si avvicinò in fretta verso le due macchine. Sembravano tutti morti, si spinse sul sedile posteriore e vide che qualcuno ancora respirava. Non qualcuno. Un mostro. Una cancrena con gli occhi. Emanava un terribile lezzo. Non era possibile che fosse viva, eppure parlò:
«Io sto bene, ma sono morti tutti»
Non ebbe neppure un briciolo di forza per replicare. Strillò con quanta forza aveva e poi cadde, stroncato da un infarto.

I mostri esistono
(uccidono)
Le paure ti paralizzano
(sono i mostri)

All'ombra dei cipressi, il signor Bruni poggia un mazzo di gigli sulla tomba del giovane psichiatra. Si china e lascia che il vento disperda le sue parole:

«I mostri esistono. Le paure sono mostri, capaci di uccidere.
Una volta visti tenteranno con ogni mezzo di eliminarti. Devi essere più svelto e sterminarli. Se neghi la loro esistenza, hanno già vinto senza lottare. Rimarranno invisibili, ma ti consumeranno adagio. Guarda dentro te, scova i tuoi mostri e uccidili, non lasciare che la tua diffidenza ti distragga dalla realtà.»

La vita è un libro di oscure pagine da cui trapelano i mostri che ognuno ha nell'anima.

Nel Buio Più Buio

Nel buio più buio. Dove neppure il minimo barlume illumina le fattezze di un corpo, dove lo scintillio degli occhi non dà neppure un lampo. Nei corridoi oscuri della vita. Attraversando ponti, sbattendo palpebre, chiudendo bocche al gelo…

Nel buio più buio, dove non esistono squarci di colori, dove sembra di fluttuare nello sconfinato. Nel buio più buio, dove nel cammino incontri un muro, batti contro uno stipite.
Nel buio più buio, dove i pensieri diventano echi, dove i suoni sono amplificati e nitidi.

Proprio lì nel buio più buio, i pensieri si materializzano come ombre sui muri. Diventano spettri. Il tempo diviene vano.
Nel buio della vita, il mortale insegue un' orma ideale verso un raggio caldo. Nella strada degli uomini, dove si accasciano corpi come lamine, dove divampano fuochi sciocchi nel riflesso di un'alba spenta, qui, proprio qui, lui aspetta.

È piccolo. Ha solo 10 anni. Attende che qualcuno lo porti via. Con la sua valigia enorme, con il cappello di lana e la sciarpa legata sulla bocca. Con gli occhi spalancati sulla piazza. Solo, sperduto. Ramon, un piccolo uomo. Speciale. Lui vede, sa.
Per questo è solo. Lasciato perché considerato un abominio. Proprio lui che avverte la pacatezze delle acque nello scorrere dei suoi itinerari. Proprio lui che coglie il sereno dei cieli e ne omaggia gli infermi.
In quest'alba ghiacciata nel buio lugubre dei suoi avviliti concetti, mentre una lacrima di bimbo gli riga il volto, Ramon attende che suor Maria lo porti via, lo porti lontano. Angoscia. Paura di venire di nuovo bandito perché percepisce.

Perché ha visto.

Scuri piombare su teste inermi. Vermi riempire corpi mutilati nella ghiaia del grande fiume. Capelli rotolare sui sentieri del vento. Occhi persi nell'angoscia dell'attesa. Volti imploranti, con le labbra storte dall'orrore. Truci scie rosse su corpi grigi, lasciati in pasto ai topi.

Ha visto

Terremoti spossare terreni ora sterili, arsi dal sole rosso estivo. Mareggiate inghiottire anime agitate nei giorni irascibili dell'adolescenza. Diluvi purificare chiese di campagna e allocchi pettegoli seduti ad adocchiare la sprovveduta vicina.

Ha visto

Ha visto il piede del padre schiacciare prima il freno e dopo la frizione. Ha visto il camion acquisire velocità. Ha visto il volto di suo padre. L' ansia percorrere velocemente le rughe precoci del viso. Il timore, fargli corrugare la fronte e irrigidirgli lo sguardo. Nell'attimo dello scoppio ha volto lo sguardo altrove, sull'erba bagnata. Ha considerato che poteva fermarlo, che doveva fermarlo.

Ramon è un bambino, ma per la madre un essere difettoso. Una burla del creato; è colui che predisse la sciagura...è colui a cui non diede crediti né chance.

Nella villetta immersa nel rigoglioso verde siede sola con i suoi 30 anni. Abbandonata in una poltrona, con una bottiglia di veleno nella mano.

Nell'orfanotrofio dell'Addolorata, tra canti angelici e profumo di rose, Ramon rivolge lo sguardo alla statua di Maria.

Non c'è nessuno che possa cambiare le cose, non c'è nessuno che possa farlo di nuovo desiderare dalla madre. Sente di essere reo, sente di volersi spegnere. Ma sente anche Odio. Verso colei che lo ha ripudiato.

Attraverso gli occhi della Madonna la distingue nella cucina fosca, con in mano una bottiglia di rum. Ubriacarsi dopo averlo scacciato,

unica necessità per lei. Sente il disprezzo prosperare, intanto che memorie care si ammucchiano nella sua mente scossa.
Chiude gli occhi e pensa alla sue mani di bimbo attanagliare la gola della madre. Lei tossisce e si dimena, ma Ramon non molla la presa. Il volto ormai è cianotico, gli occhi cominciano a venarsi di rosso. Ma non vede nessuno, non c'è nessuno. Eppure sta morendo, eppure qualcuno la strangola con mani incorporee. Cessa di vivere perdendosi nello sguardo azzurro di Ramon, ricredendosi.
Nell'orfanotrofio le suore trovano Ramon accasciato al suolo, con gli occhi spenti. Rannicchiato su se stesso.

Ramon è pazzo. Ramon è un abominio, una burla del creato.

Nel buio più buio, dove i pensieri diventano spettri Ramon rivede gli occhi azzurri della madre guardare i suoi e sa che aveva compreso, sa del suo rimorso.

Svogliatezza

I giorni passano e le pagine volano prive di attese e di astrazioni.

Con il buio tornano gli anelati incubi, i vivaci equilibri dell' inezia e dello spazio.
Fa capolino dall'uscio l'eterna diatriba tra legittimo e peccato.
Il disagio corrode, cancella e lascia senza definizioni, con gli occhi riversi su una vampata che lestamente si sciupa insieme ai giorni, alle verità, alle attese.
Svogliatezza appare strana: elevata sulle limitazioni e sugli indolenzimenti.
Il senso della vista si dilegua. Non vede più colori cupi o radiosi. Il tempo è volato nei periodi che furono gai.
Svogliatezza appare atipica.
Al mattino, già fiacca si trascina verso il suo lavoro. Le sue mani sono ossute e logore. Guarda il cielo e sa se pioverà. I suoi occhi sono appannati e la sua bocca senza denti.
Solo pochi secoli fa adornava la sua veste matrimoniale china sotto il sole.
Ora con claudicanti passi si dirige in giardino ad irrorare i suoi gerani, che prosperano mentre Svogliatezza perisce. Ogni giorno sempre più magra deambula nella grande dimora e sente voci e vede spettri.
Il dottore le ha detto che non c' è cura, ma lei sa che sanerà. Passa accanto alle sue foto e intravede ombre nello specchio. Incontra gente che non è, mentre si dirige al camposanto. Chiacchiera con chi fu, ma non con chi è.
Svogliatezza non ha voglia di morire eppure procede a falcate verso il suo sepolcro.
Cadono le foglie al suo passaggio, si bagna i piedi e piange.
Le sue lacrime sembrano diamanti velati ed i suoi pensieri evadono le fasi.
Svogliatezza non ha più testa da quando precipitò per la prima volta, dal giorno in cui ripose il giudizio nel blasfemo scrigno.
Svogliatezza ora non è.

Aracnofobia

Gli orrori palpitano, nello straripante bagliore del giorno. La luce è vigorosa. Le mie pupille si dilatano, prede di un anormale panico.
Posso vedere tessere la sua tela. Si estende ampia nell'angolo ingegnoso. Mi accosto incautamente e mi imbriglio nell' intreccio. La ragnatela pende sul mio viso e le mani cercano un solido supporto, nel tempo in cui canti stonati si confondevano con grida e strepiti fanciulleschi. Forme si ingrandiscono e si riducono nella mia testa, non trovando le giuste proporzioni.
Ragno.
Si avvicina. Sono paralizzata. Non respiro. Si amplifica nella testa il rumore delle zampe svelte. Cerco l'evasione attraverso i fili, mi perdo nella tela e sprofondo appiccicosa nella trama. Zampe pelose, nel tempo accecante, filano lungo scie sconfinate nell'intrico del mio senno. Il cuore si blocca. Come automa procedo verso il nascondiglio.
Fobia. Aracnofobia.
Ragno nero racchiudi lo spazio dei tuoi passi come acqua in un armadio. Mangi mosche. Cerchi me che scambio lacrime per pioggia, che nel turbine dell'infinito discerno parti non illuminate. Attendi immoto, nell'angolo, un abbaglio. Aspetti un raro errore.
Sfuggono dalle mie dita mille granelli di sabbia che a suo tempo avevo raccattato dalla bruna sabbia delle mie nozioni. Mi aggrappo a cose lette e prestabilite. Ma non riesco a persuadermi…ho terrore.
Posso recarmi nei luoghi asettici, dileguarmi dalle raccapricciianti forme che si delineano, ora, nette nelle mie contraddittorie proiezioni.
Posso.

Gli Occhi di Belial

Decise di accettare quella proposta. Famigerata, ma unica. Unirsi ai figli di Belial.
Certo era da sempre cattolico, magari poco praticante, ma cattolico.
Essere cattolico, però, non riempiva il piatto. Questi della setta invece gli avevano promesso un posto dove dormire e tre pasti al giorno. Più che sufficiente. Avrebbe lavorato con e per loro. L'anno prima, quando gli era stata fatta la proposta, aveva rifiutato. Senza batter ciglio. Ma l'anno prima aveva un tetto e da mangiare. E poi in fondo non sarebbe stato uno di "loro". Rimaneva pur sempre ancorato alla sua religione e alla sua morale.
Era un uomo buono, lui, che amava i suoi simili. Non di certo poteva incarnare le sembianze di un pazzo furioso che desiderava l'estinzione della specie.
Non avrebbe sacrificato agnellini per un demone posticcio come questo Belial. Attualmente non sapeva neppure che demone fosse. Un sottomesso di Lucifero, forse. In effetti era piuttosto ignorante in materia demoniaca. Spesso aveva sentito parlare delle sette sataniche come luoghi in cui si attua qualsiasi tipo di depravazione e barbarie. Ma in finale unirsi ai figli di Belial era un salto nel buio. Tuttavia, non credeva affatto che ci fosse del vero nelle diffuse leggende metropolitane.
Il tizio che lo aveva contattato, chiedendogli di unirsi all'allora nascente setta, non aveva parlato di sacrifici animali o di orge. Aveva soltanto riferito che si trattava di un assemblea di persone che credevano in Belial, che si riunivano per pregarlo. Quello che volevano creare era una comune, dove vivere del proprio lavoro ed adorare Belial.
Niente di male, dunque. Tra l'altro era una via di sbocco ai suoi guai. Dunque sì, accettava.
Dalle tasca ripescò il foglietto dove l'adepto aveva annotato il suo numero di cellulare. *"Anche satana si adegua ai tempi"* pensò. *"Magari la comune sarà dotata di computer e collegamento internet"*. Non perse tempo a rimuginare ancora. Chiamò e, stupore, fu accettato. Senza colloquio, senza richiesta pecuniaria. Questa

ultima, cosa davvero anormale e singolarmente gradevole. Lo avrebbero accolto a qualsiasi ora. Di conseguenza poteva recarsi da loro anche in quel momento. Non se lo fece ripetere due volte. Era per strada dalle otto del mattino, orario in cui il suo padrone di casa lo aveva cacciato a calci da quella stamberga che si ostinava a chiamare casa. Riassettò i suoi vestiti ed il suo umore e salì in groppa al primo autobus.

Via pessimismo, avanti ottimismo. Una vita nuova. Per fortuna qualcuno gliela aveva offerta.

Giunse alla comune proprio per ora di cena. Cosa assai gradita, a dire il vero. In effetti, a cose fatte, anche lo stomaco ritornava a reclamare un pasto. Dopo cena lo condussero dal "maestro" per essere istruito sulla vita nella comune. Era un affare! Il suo lavoro consisteva nel coltivare patate e, inoltre, era solo vincolato a prendere parte ai riti.

"Tutto qui?" si disse mentalmente e si recò a prendere possesso della sua nuova stanza. Oddio, forse un po' spartana, ma dotata di letto, armadio e scrivania. Accipicchia, il tutto in cambio di tuberi da coltivare. Avrebbe coltivato anche carote se fosse stato necessario!

Dopo un mese era finalmente sereno. Gli adepti erano gente simpatica, ospitale. Si sentiva a suo agio e, come aveva precedentemente sospettato, anche l'inferno si era modernizzato. Climatizzatori in ogni dove.

L'ora era tarda e il mattino minacciava le sue ore di sonno, avrebbe visitato l'edificio l'indomani. Chinò le palpebre e Morfeo non si fece bramare. Ma con Morfeo giunsero anche incubi, non di sicuro agognati seppur differenti da quelli dell'ultimo mese.

Vide cavalli bianchi avanzare rapidamente verso voragini e non fermarsi in tempo prima della caduta.

Vide uccelli neri sulle scie di aerei crollare uniti verso la terra.

Vide uomini vestiti di stracci tormentarsi attorno ad un rogo.

Si svegliò. Agitato, affannato, con un inspiegabile presentimento addosso. Uscì di corsa dalla stanza.

Non si fermò a riflettere, non lasciò che la ragione lo spingesse a capire quanto folle fosse mettere in relazione sogni e realtà. Si lanciò nei corridoi bui, in cerca di una spiegazione al suo malessere. Nell'inquietudine che lo attanagliava quasi non si accorse di essere

finito in una stanza scura, illuminata di rosso. All'apparenza sembrava vuota quindi si spinse all'interno incuriosito. La paura e l'agitazione di pochi attimi prima lo avevano lasciato. *"Eh le fissazioni sulle sette sataniche..."* pensò *"leggende da casalinghe"*. Così si trattenne ad osservare il luogo. Sul pavimento c'era una stella. Sicuramente doveva essere una specie di chiesa. In effetti c'era un grosso tavolo in marmo, una sorta di altare. Poteva essere benissimo il luogo di preghiera. Ma non c'erano scanni dove sedersi ad ascoltare il predicatore. Oltre l'altare, niente. Ai due lati dell'ara si aprivano due cunicoli. Sembravano gallerie. *"La curiosità è donna"* si disse, ma a dirla tutta è umana.
Dunque si diresse verso la galleria di destra. Anche lì la luce era rossa, ma non vide lampade. Così proseguì fino allo punto in cui le due gallerie si univano. Nel punto di incontro si imponeva una cascata che si gettava in un lago. Le acque apparivano rosse. "Sicuramente effetto delle luci" pensò. Poi si avvicinò e vide che il bagliore vermiglio scaturiva proprio dalle acque. Anche la cascata era rossa. E prospera!
Doveva vederci chiaro, per quanto si trovasse in penombra. Era possibile che ci fossero lampade sul fondo del laghetto. Senza altro non era sangue. Troppo scontato. *"Trovarsi nella sede di una setta satanica e vedere fiumi di sangue"* era una cosa da far ridere, perbacco! Era come dar credito al mucchio di baggianate che si ascoltava in giro. Certo la sede di una confraternita dedita al culto di Belial doveva pur sempre avere un certo simbolismo, una qualsivoglia decorazione che riportasse con la mente al loro credo.
Probabilmente si trattava di un artifizio ben congegnato. Magari quella non era acqua, ma vernice, salsa di pomodoro o altri stratagemmi coreografici. Però era ugualmente curioso ed attirato dallo strano meccanismo che metteva in atto la cascata ed il lago.
Si avvicinò ancora di più. Immerse le mani nel fluido sanguigno ed ebbe una bizzarra idea. Voglia di tuffarsi in quel liquido, voglia di immergervi la testa. Lo fece. Una sensazione di potere lo invase. Ora non si chiedeva più cosa fosse quel fluido. Lo avvertiva magico, tanto gli bastava. Nessuna percezione di troppo freddo o troppo caldo. Era perfetto. Si avvicinò alla cascata e aspettò che le acque rosse gli piombassero addosso. La cascata giunse con una tale forza che lo fece finire in un vortice sotterraneo.

Finì in un meccanismo che lo tranciò in due: il suo sangue si unì allo scorrere dell'altro, il suo corpo invece cadde in un contenitore. Non si era sbagliato affatto. Il meccanismo c'era. Ma c'era anche la magia che lo aveva svegliato nel cuore della notte e lo aveva portato a divenire parte del lago di sangue.
L'indomani Belial avrebbe avuto nuovi occhi e gli adepti più sangue in cui bagnarsi.
Senza avvicinarsi alla cascata, però.

La Tartaruga

Così cadde.

Con i suoi 180 chili. Chi avrebbe mai potuto rialzarlo? Come uno scarafaggio, sulla schiena. Dannata dieta mai cominciata. Ed ora era caduto nel bosco. Solo. In mezzo alla selva selvaggia! In mezzo allo sterco di chissà quale bestia randagia. Ma come gli era venuto in mente di fare una vacanza tra i monti? Maledetti chili di troppo.

Era lì per mettere in atto il piano due: dimagrire camminando. Si era convinto della validità del sistema leggendo una rivista di sua moglie. Relax e passeggiate. Alleluia! Una validità indiscussa, specie in quella posizione. Ne avrebbe persi di chili se nessuno lo avesse trovato! Con la schiena dolorante e la pancia così grande ci sarebbe voluta una gru per sollevarlo. Decise di rilassarsi un po' prima di ergere quell'ammasso di lardo che era il suo corpo. E poi non era meglio una liposuzione? Sarebbe stata la prima cosa che avrebbe fatto una volta tornato a casa… se ci fosse riuscito, ovvio. Ma che andava a pensare! Era pressoché impossibile morire in quelle condizioni. Assurdo. Eppure continuava ad immaginarsi i titoli sui giornali locali: UOMO DI 180 CHILI UCCISO DALLA SUA CICCIA , OBESO MORTO COME UNA TARTARUGA. Pensare che aveva sempre creduto che sarebbe stato stroncato da un infarto. Che sciagura cadere nel bosco. Cosa peggiore già cominciava ad avvertire i primi sintomi di sete. A dire il vero aveva anche un languorino. Un lieve appetito, niente di preoccupante. Ben peggio andava con la sua vescica. Lo stimolo di urinare, già presente quando era uscito, ora diveniva impellente. Che umiliazione! Non solo morire come una tartaruga, ma anche con i pantaloni impregnati di urina. E poi la tartaruga. Che razza di animale era? Un rettile buono a nulla, perdinci!

A pensarci bene ricordava di aver fatto rotolare spesso, per proprio diletto, la tartaruga di suo figlio sulla schiena. Ora però vi intravedeva un segno del destino ad essere finito nella stessa situazione di Takito. Che fosse la vendetta della tartaruga? Ecco, ora era del tutto impazzito. Come diavolo avrebbe potuto un essere lento come Takito restituirgli il favore? Per giunta l'animaletto, in quello stesso istante, di certo scorrazzava tranquillo in giro per la sua casa mangiucchiando foglie di insalata e chissà che altro. E lui invece era nel bosco. Digiuno. Tra non molto sarebbe stato ricoperto dai sui stessi escrementi oltre quelli in cui si trovava già. Maledizione doveva ribaltarsi. Ma proprio non gli riusciva, avvertiva troppo male alla schiena. Cominciava ad agitarsi davvero. Perché diavolo non aveva portato quell'aggeggio di tortura (il suo cellulare) con sé? Pensare che quando era in città lo portava praticamente ovunque, finanche in bagno. Invece, giustamente, quando si recava a trottare per i monti lo lasciava a casa. E spento. Spento? Tragicamente si vedeva attaccarlo alla corrente e spegnerlo. Calma. Doveva rimanere calmo. Che differenza c'era se era spento o acceso? Praticamente nessuna. In entrambi i casi qualcuno si sarebbe allarmato se non avesse risposto. Fantastico. Effettivamente si sentiva con la moglie ogni sera. C'era solo d'aspettare. Certo in mezzo alla boscaglia senza luce, con quelle belve girovaghe non sarebbe stato per niente semplice. Ma che altro poteva fare?

Mio Dio, invece doveva tentare qualcosa, prima che le tenebre calassero! Non poteva certo aspettare i soccorsi. E se fossero scesi i lupi a valle? I lupi non erano il solo pensiero. Era tarda primavera. Se non ricordava male le vipere in quella stagione si sparpagliavano per il bosco. Dunque anche con il giorno c'erano rischi. Forse c'erano anche altre cose velenose, o altri animali temibili. Così tentò una nuova manovra. Gli alberi erano piuttosto distanti per usarli da sostegno. Però poteva sempre strisciare per arrivarci. In fin dei conti stare immobile nello sterco o sguazzarci dentro non differiva di molto. Tra l'altro stava in quella posizione da almeno 15 minuti. Quindi cominciò uno strano movimento contorsionista, una novella danzatrice del ventre stesa sul dorso. Gli venne da ridere. Ma non c'era niente da ridere, anzi. Al secondo movimento sentì un crack. Un dolore lancinante lo fece bloccare all'istante. La schiena. Ecco cosa era quel dannato dolore. Si era rotta qualche vertebra. Dio mio. Ora si che era disperato. Muoversi e rischiare di rimanere paralizzato o aspettare soccorsi? Serbava ancora memoria del corso di pronto intervento studiato per prendere la patente: "in caso si sospettino danni alla colonna vertebrale non spostare il soggetto ed attendere l'intervento di esperti". Lì di esperti però non ne vedeva. O forse quello scoiattolo indisponente era un esimio specialista?

Ecco ricominciava a perdersi in riflessioni stravaganti sugli scoiattoli. O sulle tartarughe spietate. Magari Takito apparteneva alla loggia delle tartarughe ninja. Nuovamente scansava il problema. Doveva alzarsi e scappare, maledizione! Quel suo ottuso cervello, di certo avvolto nel grasso, non la smetteva di creare contesti farseschi.

Bene. Doveva vedere se gli arti funzionavano, doveva capire se il suo midollo spinale era già partito definitivamente per le vacanze. Il piede destro funzionava. Anche la gamba. Riusciva persino a piegare il ginocchio. La gamba sinistra era addormentata. Le braccia andavano a meraviglia, dunque tutto sommato si trattava solo di un colpo di frusta, o della strega o come cavolo la chiamavano. Quando mai se ne era preoccupato? Quello, poi, non era certo il momento per incuriosirsi del nome che veniva dato a quell'infortunio. Perdinci, era necessario agire non rimuginare! Allora passò al piano B. Raccolse tutti i rametti che riuscì a scovare attorno a sé e li posizionò sotto un lato del suo pesante fisico, in modo tale da costruire una piccola catapulta da un lato e creare un inclinazione dall'altro.

«*Ingegnoso, davvero ingegnoso, Walter*»

Che era quella voce adesso? Da dove diavolo proveniva? Poteva averla immaginata? Era altisonante, pareva vera. Forse c'era qualcuno. Forse gli aiuti. Cominciò a sgolarsi. Ma nessuno rispose. Solo lo scoiattolo sbucò fuori dalla sua tana a vedere che era accaduto. Per niente intimorito, il bastardo. Dunque aveva immaginato. "Giochi che fa il cervello in condizioni estreme", si disse. Continuò a racimolare rametti e tutto ciò gli capitasse sotto mano. Anche sterco. Perché no? Non avrebbe forse dovuto? Era necessario e poi non lo avrebbe detto a nessuno. Poi si rilassò un po'. Era stanco. Prendere da un lato e poggiare dall'altro era spossante disponendo solo dell'agilità delle braccia e le sue tanto agili non erano, per dirla tutta. Però sarebbe riuscito a liberarsi presto. Ne era convinto.

Ma quanto tempo aveva trascorso a raccogliere quei dannati rami? Caspita, il sole aveva già cominciato il suo declino. La pendenza delle ombre era cambiata. Anche di molto. Vide le prime ombre della sera galoppare furiosamente verso lui. Nei boschi il buio arriva prima. Non ci aveva pensato. Di nuovo il panico si

impossessò di lui. Doveva spicciarsi. Iniziò di nuovo a scavare nervosamente. Finalmente qualcosa si mosse.
«*Complimenti amico*»
Di nuovo quella dannata voce. Oh al diavolo! Stava per tagliare il suo traguardo e chiunque fosse a parlare, uomo, fantasma o alieno, non si era certo prodigato per dargli il benché minimo aiuto. Dannazione, non avrebbe sprecato energia per urlare questa volta! E poi non gli interessava affatto conoscere in quell'istante il possessore della voce. Era troppo preso nella sua attività di escavazione. Ormai aveva realizzato una buca sufficientemente profonda. Sarebbe bastata una sola spinta e...
E si mosse per davvero. Era inebriato. Prima che ragni, scarafaggi e quant'altro offrisse il sottobosco, sbucassero fuori in cerca di cibo sul suo pancione sarebbe riuscito a tornare a casa. In barba alla voce, sicuramente creazione del suo cervello stressato. Un uomo, a meno che non si trattasse di un sadico villano, lo avrebbe aiutato. Perdinci! Gli uomini in situazioni simili si aiutano!
Non gli restava che spostarsi e si sarebbe capovolto. Cominciò a flettersi lateralmente. La schiena gli doleva e prevedeva qualche danno permanente alla colonna vertebrale. Doveva comunque procedere, con estrema cautela, ma procedere. Uno, due, tre ... via. Diede uno strattone alla sua ciccia e riuscì a piegarsi quanto bastava. Poi la forza di gravità fece il resto e si trovò con la faccia nello sterco. C'era riuscito. Con lentezza estrema cominciò ad alzarsi. Si mise in ginocchio. Con sua somma sorpresa ci riuscì. Dunque non aveva niente di rotto. Maledetta vigliaccheria. Aveva marcito in quel letamaio invano. Be' non lo avrebbe saputo nessuno. Tentò di ripulirsi alla meno peggio e si alzò su due zampe. Proprio come un uomo. Adesso ripensava a Takito, la tartaruga. Che ridere! Aveva creduto davvero che la tartaruga avesse poteri speciali! Assurdo, grottesco. Quell'inetta della tartaruga. L'avrebbe presa a calci. L'odiava ancora di più adesso. In ogni caso doveva andare a casa a farsi una doccia e a preparare i bagagli. Altro che moto e moto! Qui urgeva un taglio netto della ciccia realizzato dal bisturi esperto di un chirurgo. Magari di fama mondiale. Sissignore. Avrebbe preteso il miglior chirurgo.
Si munì di bastone (la previdenza non è mai troppa) e si diresse verso la sua casupola di montagna a passo spedito, nonostante il

dolore alla schiena. Non aveva alcuna voglia di vedere il sole tramontare definitivamente mentre era ancora per boschi.
«*Ci rivedremo presto Walter, prima di quanto immagini*»
E no! Questa volta non aveva affatto immaginato. Qui c'era qualcuno, e quel qualcuno doveva venire fuori. Adesso.
«Che razza di uomo sei? Ti sei divertito abbastanza a vedermi in mezzo allo sterco? Hai riso di me? Ora puoi anche uscire, sono di nuovo un bipede. Razza di stronzo bastardo! Non hai sentito che chiedevo aiuto? Ho urlato, dannazione! Sei un sadico! Te ne stai celato dietro i rami, cercando di farmi credere che sono pazzo!»
«*No, non sei pazzo. Non è mia intenzione fartelo credere. Ben altre sono le miei intenzioni*»
«Cioè? Volevi vedermi strisciare in quel letamaio e dirmi bravo quando fossi riuscito ad issarmi su due zampe, proprio come un orso ammaestrato? Magari poi mi avresti omaggiato anche di un barattolo di miele. Non mi hai aiutato per il mio bene, vero?»
Ma la sua ironia non fu affatto utile, anzi.
«*Affatto*»
«Ma che razza di bestia sei? Esci fuori da quel fottuto nascondiglio. Esci perdiana! Ti spacco la faccia, razza di.... Tartaruga ...tartaruga?»
«*Tartaruga. Sissignore. Prova a farmi ribaltare ora, se ci riesci. Ti sei divertito abbastanza a farmi rotolare sul mio guscio? Pensi che sia stato divertente per me? Chi tra noi è il sadico adesso? Oppure pensi di avere uno sconto speciale perché sei uomo?*»

...Istanti lenti come passi. Quelli di una tartaruga. I suoi. Zampe rivolte al cielo in cerca di aiuto. La canaglia siede a tavola, a due passi da lui. Stappa vini. Spezza il pane. Infonde pene...

Nascere tartaruga. Già quella sarebbe una disgrazia. Ma lui un tempo era uomo. Ambizioso, bello come la prima stella della sera. Aveva voluto l'immortalità. L'aveva anche ottenuta, ma a che prezzo?
Il giorno che aveva compiuto quaranta anni aveva avvertito una chiara costernazione. Ribrezzo della vecchiaia, orrore del trapasso.

No, non avrebbe lasciato che il tempo gli rubasse la vita, i suoi anni. Aveva sentito parlare di una certa madame Berenice.
Forse lei poteva dargli una mano.
Aveva rimuginato ore prima di prendere una decisione. In fondo era stato sempre un uomo concreto. Non tollerava neppure chi credeva in quella o quell'altra idiozia. Che si trattasse di credi religiosi o pagani, erano solo fesserie. Allora perché si attardava su quella seggiola a meditare mentre le ombre si allungavano e si fondevano nel buio?
Tentare non avrebbe nuociuto. Presa la decisione, lasciò che le ombre ingoiassero la seggiola vuota e corse via. Verso sentieri cosparsi di ciottoli, verso la speranza.
Madame Berenice gli diede ciò che chiedeva. Gli diede l'immortalità, ma anche le sembianze di tartaruga. Una tartaruga speciale, dotata di intelligenza e di parola. Ma pur sempre una tartaruga. Mai aveva sperimentato un simile patema. Impotente nel suo nuovo corpo. Immortale per giunta. Passati i primi attimi di disperazione si accorse che aveva fame. Ma lui non era una tartaruga, come si sarebbe procurato il cibo? Dove si sarebbe riparato? Il pacchetto immortalità prevedeva non morire per cause naturali, ma non erano contemplati i predatori. Difficile pensare di rimanere vivo nello stomaco di qualche rapace. Gli veniva da piangere e Dio solo sa se nella sua testa non lo facesse. Così si era arreso al suo nuovo aspetto, che madame aveva detto essere quello definitivo, e si era incamminato a passi "tardi e lenti" lungo il sentiero che prima aveva percorso lestamente. Si era avviato nella ridicola veste di tartaruga verso il negozio di animali del centro. Lo avrebbero recuperato senz'altro. Alle tartarughe gratis nessun commerciante dice no. Non si era sbagliato. Così lo vendettero al ciccione. Così divenne un regalo di compleanno con tanto di fiocco al collo. Così cominciarono le sue sventure.

Ora però poteva punire il riprovevole panzone. Non era un uomo quello! Era un porco e nel letame meritava di stare. Si era infilato in un sacco ed era partito con lui, per i boschi. Lì aveva lavorato incessantemente notte e giorno fino a costruire una magnifica trappola dove far cadere l'idiota. Ma il ciccione era scivolato nello sterco e lì era rimasto, Dio solo sa perché. Certo Takito, un tempo

Max, aveva progettato di farlo cadere a gambe all'aria. Sapeva anche che il ciccione avrebbe avuto difficoltà ad alzarsi. Ma perdinci, quello non si rialzava! Come se avesse intuito il seguito dell'imboscata. Si era adagiato nello sterco e non si muoveva. Finalmente aveva raccolto quei fottuti rami ed era riuscito ad alzarsi.

E ora lo attendeva il resto.

«Se volessi potrei farti ruzzolare anche ora. Chi me lo impedirebbe? Neanche il pensiero di mio figlio che piange la tua scomparsa.»
«*Allora provaci, vieni qui*»
«Sei una tartaruga, non capisco perché parli, ma sei una tartaruga. Non ho paura di te»

In verità tremava. Una tartaruga parlante? Dove mai si era vista? Doveva aver respirato qualche spora di fungo allucinogeno. Takito parlante non era altro che una creazione della sua mente. Era semplice dimostrarlo a se stesso, bastava raggiungere la tartaruga ed afferrarla dal collo. Se avesse catturato aria anziché l'animale molesto si sarebbe tranquillizzato.

«Certo che ci provo, razza di palla con le zampe!»
Si spinse a gran velocità verso il piccolo animale, nonostante il ballonzolare della pancia. Con le mani in avanti pronte ad afferrare la testa della tartaruga, ma ahimé non afferrò niente. Cadde rovinosamente nella buca che Takito aveva preparato ingegnosamente per lui. Cadde su mille aggeggi appuntiti. Vetri, chiodi, viti arrugginite, cocci, lamiere, schegge di legno. Tutti piccoli oggetti che la tartaruga era riuscita a trasportare lì. Questa volta, Walter cadde con la faccia in giù. Un chiodo arrugginito gli trafisse un occhio, un coccio di vetro gli si infilò nella narice destra e in collaborazione con la gravità la trafisse fino a spaccarla. Una piccola, ed in altri casi innocua, scheggia di legno gli strappò, nella caduta, parte del labbro superiore lasciando scoperte al periglio le gengive che ben presto si adagiarono, non senza la violenza dell'impatto, sulla vecchia lama di un coltello. Svenne.

Ma forse esser cieco da un occhio e ferito in diversi punti del viso e del corpo poteva essere una vendetta appagante? Domanda sciocca, amico...
Takito si lanciò sulla schiena di Walter, approfittando della perdita dei sensi, e cominciò a rosicchiare prima i vestiti, poi la pelle, poi una vertebra, poi il midollo spinale. Walter si riprese troppo tardi, urlò si agitò tentò di rialzarsi. Quello che aveva temuto prima ora era realtà.

Takito riprese il suo lento cammino, pago di avere lasciato il ciccione in quello stato angoscioso. Cosciente ed impotente verso il fato atroce che lo attendeva.
A passi "tardi e lenti" si mise in cerca di un nuovo padrone.
Da assassinare.

Il Silenzio del Cane

...E nel momento in cui lui ansimava su lei, nudo nell'anima e nel corpo, una finestra si aprì sul giardino, nella notte...

Un cane. Dai denti acuminati, dagli occhi sanguigni. Infernale.
Era entrato dalla finestra. Con ferocia sbalorditiva si era scagliato sull'uomo, che nel suo connubio non si era reso conto di niente, prima che la belva gli afferrasse con i denti aguzzi lo scroto. A quel punto non era stato pronto a liberarsi della fiera. Urlò, mentre il sangue oramai colava sulle gambe nude di sua moglie.
Non riusciva a scarcerarsi dalla morsa dell'animale, nonostante gli sforzi. La lotta sembrò durare un'eternità fino a quando il corpo esanime dell'uomo si spiaccicò sulla donna.
Lei, ferma nella sua paura, ghiacciata dall'orrore, piegata dalla forza immonda dell'animale, era convinta di essere la successiva vittima.
Invece il cane, dopo aver compiuto l'omicidio, scomparve. In una nuvola di vapore rosso. O forse non era vapore. Un odore pungente invase la camera da letto.

Passarono anni. Lei non dimenticò. Non avrebbe potuto. Aveva partorito una bambina. Maria. Questo era il nome. Gli occhi di un nero inchiostro le rimembravano quelli del padre.
Maria crebbe avvenente ed intelligente, anche se un'ombra buia spesso si evidenziava sul suo bel volto.
A 23 anni Maria era tra le giovani donne più ambite e note del suo quartiere. Era una ragazza sana di principi, una cattolica convinta. Non c'era domenica in cui non si recava a messa. Era anche cuoca in una mensa per vagabondi. Conduceva una vita pacata nella sua casa, ormai deserta. Sua madre, povera donna, era morta precipitando dalle ripide scale della soffitta.

Maria aveva una vera e propria passione per i giacinti. Una volta al mese si recava al cimitero ad ornare le lapidi dei genitori con questi fiori.
Ma Maria non era solo chiesa e volontariato. In realtà aveva qualcosa in più degli altri. Odiava visceralmente ogni cane. Di

qualsiasi razza e taglia, purché maschio. Non poteva dimenticare il racconto della madre sul decesso del padre.
Celata dall'oscurità attirava le bestiole nel suo domicilio. Li uccideva e ne faceva concime per i giacinti. Sin da piccola Maria aveva detestato quegli animali. Proprio allora aveva cominciato la sua opera di eliminazione delle maledetta razza. La prima vittima era stato un barboncino. Con i suoi occhietti languidi si era avvicinato speranzoso con la coda scodinzolante. Con la linguetta in bella mostra. Maria lo accolse. La prima cosa che fece fu di tirare i denti alla bestiola. E mentre dalla bocca dell'animale sgorgava sangue, con le forbici per potare gli fece saltare la coda. Mentre l'animale si dibatteva legato dalle zampe anteriori ad un albero, con le stesse armi usate per recidere la coda tagliò senza mezzi termini l'apparato genitale della bestia. Poi si sedette a contemplarlo, in attesa che crepasse. Non sentiva i guaiti, era in estasi. In più in aperta campagna nessuno avrebbe scoperto mai il suo misfatto. Quando il cagnolino esalò il suo ultimo respiro lo staccò dall'alberò, lo sotterrò e corse a casa felice. Come non lo era mai stata. Senza nessuna ombra in volto. Gli occhi lucidi febbricitanti. I capelli castano ramato con i boccoli sconvolti. Il fiocco rosso, che legava la coda, slacciato. La scarpine bianche sporche di fango. Ma era felice. Felice di correre. Felice di girare all'impazzata su se stessa.
Il suo primo assassinio. Il suo primo attimo di gioia da quando era nata. La vendetta effettuata che colmava i suoi vuoti. Quei cani dannati le avevano strappato suo padre prima che potesse conoscerlo. Era cresciuta con una madre inconsolabile e atterrita. La sua mamma. La sua dolce mamma che aveva paura solo a sentire abbaiare un cucciolo di barboncino. Nessun cane mai avrebbe azzannato le carni di sua madre. E figuriamoci le sue. Mai. Stupidi animali, che fingevano di essere il miglior amico dell'uomo per poi azzannarlo nel cuore della notte.
Così Maria aveva affinato le sue tecniche di assassinio. Ormai li attirava in casa e la prima cosa che faceva era di trinciare le corde vocali affinché potesse agire in piena calma, inosservata. Nella sua cantina. Lì dove suo padre aveva costruito le mensole su cui disporre le conserve, adesso sostavano i suoi attrezzi di tortura. Non aveva mai pensato ad anestetizzare le piccole e grandi carogne che

trucidava. Non ci sarebbe stato gusto. Lei voleva vedere la sofferenza nei loro occhi, il terrore, l'angoscia. Dopo che aveva provvisto al silenzio del cane, provvedeva ai vari tipi di tortura. Era una gioia strappare i denti di quegli esseri. Bestie buone a nulla, capaci solo di riempirsi di zecche, mangiare, sporcare e uccidere padri. Questi erano i suoi pensieri mentre provvedeva a rendere il cane sterile con i suoi sopraffini strumenti. Le forbici per potare. E dopo avere portato il cane all'estremo dolore, se ancora non era crollato, si accomodava nella sua poltrona in attesa della dipartita, già pensando al luogo a cui destinare la nuova vittima e alle piantine che sarebbero nate floride sul suolo.

Ma la vita non può essere tutti giacinti e fiori. Maria questo non lo sapeva. Aveva creduto di potere vivere così in eterno.

Proprio dopo un ennesimo assassinio di un pastore tedesco successe qualcosa che non si era aspettata. Si recò nella stanza dove un tempo era morto suo padre, ora sua camera da letto. Indossò la sua camicia da notte preferita, con i fiorellini rosa e i merletti bianchi e si mise sotto le coperte. Proprio mentre stava per addormentarsi sentì rumori sordi. Come uno zampettare di cani. Di molti cani. Si alzò nel gelo della notte. In piedi nella sua camicia leggera, aprì la finestra. All'inizio non vide niente. Poi sforzando la vista nel buio vide i suoi giacinti estirpati dal suolo. Chi mai avrebbe potuto commettere un simile delitto nei suoi riguardi? Chi? Proprio lei che si recava in chiesa tutte le domeniche, poteva meritare tutto questo? Senza preoccuparsi del gelo o dei suoi piedi nudi afferrò un candelabro e corse in giardino. Silenzio. Buio. Nessun suono che rievocasse lo zampettare dei cani. Nessun guaito. Nessun ululato. Niente. Vuoto intorno a lei. Per la prima volta in vita sua in preda allo sgomento. Per la prima volta in vita sua debole ed infreddolita, armata di un candelabro. Aveva paura. Una fifa blu come avrebbe detto il suo piccolo vicino di casa a cui faceva a volte da babysitter. Cosa accadeva? Non vedeva e non sentiva niente, eppure c'era qualcosa che non andava. Il frusciare delle foglie le arrecava un tremore insolito. Paralizzata in mezzo ai suoi giacinti, calpestati e sradicati. Tremante per il gelo ed il terrore. Fu allora che attorno a lei si alzarono le fiamme. Fu allora che comparvero branchi di cani inferociti che giravano come impazziti attorno al cerchio di fuoco in cui era. Li riconobbe. Ad uno ad uno. Erano i cani che aveva ucciso. Ma si limitavano a correre lungo il cerchio di fuoco. Non capiva cosa accadeva. Era solo un'allucinazione? Era solo un incubo? I suoi piedi doloranti le ricordarono che non si trattava affatto di una creazione della mente. Ma come salvarsi? Sicuramente l'avrebbero sbranata. Ma come era strano...cani fantasma...o zombi? Che cosa succedeva? E perché giravano in cerchio, perché? Perché non la facevano finita e la uccidevano, piuttosto che lasciarla in quell'angoscia? Forse un cane fantasma non era in grado di uccidere, ma solo di atterrire? Il loro progetto era di farla morire di paura? Bene. Non ci sarebbero riusciti. Ma proprio mentre arrivava a questa conclusione e mentre la calma cominciava ad invaderla vide una nuvola di vapore rosso che si materializzava davanti ai suoi occhi. Un odore forte e disgustoso pervase l'aria glaciale. E poi comparve lui. Un cane. Mostruoso, enorme. Dagli occhi rossi. Dal pelo sporco e nero. Dalle zanne lunghe e affilate. Non ebbe il tempo di vedere altro. Si trovò stesa in terra. Il cane su di lei. Rabbioso, grondante di una strana saliva verdastra. Le sue zampe sulle cosce nude di lei, graffiavano la pelle. Il sangue le macchiò di rosso. Poi un morso e non vide più niente. Il cane le aveva strappato la calotta cranica. Si alzarono fiamme altissime in cui tutti i cani si immersero.

L'indomani della casa di Maria non rimase niente. Dissero che era scoppiato un incendio di cui la povera ragazza era rimasta vittima.
Nessuno pensò di indagare.
Ora Maria dorme affianco ai suoi genitori. Ogni tanto il bimbo a cui faceva da babysitter le porta dei giacinti.

Il Vuoto

Immagina scorrere lungo il viso glaciali lacrime di pioggia: non puoi non considerare il tempo trascorso a sbirciare lo spazio, attendendo che qualcosa rilucesse, che qualcuno ti spiegasse. Nei deserti creati per escludere il mondo c'è un anormale silenzio sintetico. Nelle pagine del tuo diario hai cerchiato un giorno che hai dimenticato. Hai annotato frottole da accartocciare in tutta fretta il giorno in cui ti saresti risvegliato. Hai lasciato che il tempo si vendicasse, trascurando sogni ed iridescenze. Hai scelto di afferrare i freddi artigli del vuoto. Se adesso avessi l'audacia di voltarti, scorgeresti una strada illuminata di grigio dove lattine e giornali ruzzolano simultaneamente. Se ti fermassi a riflettere, riesumeresti, nelle ambiguità delle tue ipotesi, menzogne a cui hai creduto. Menzogne che tu stesso hai creato. Sulle strade battute da scrosci furiosi di acqua hai contemplato la tua figura. Hai ritenuto fosse distorta. Distorta come la tua vita. La nebbia ha sbarrato i tuoi passi, sigillandoti gli occhi.

Idee sconnesse si ammucchiano nella tua testa. Percorri il viale che dovrebbe portarti alla normalità. Se l'asfalto sotto i tuoi piedi si spaccasse, non bloccheresti la successione dei tuoi passi esitanti. Un calcio a questa lattina potrebbe rimuovere uno scampolo di angoscia o forse solo atterrire un gatto di passaggio. Se davvero ci fosse. Se davvero tu fossi matto.

Nuvole irose sembrano voler scatenare l'inferno su questo squarcio di esistenza. Folle esistenza. Quante volte, mentre tratteggiavi la tua anima, ti sei domandato se davvero sei matto? Lasci che il tuo corpo trovi sollievo accasciandoti su una panchina, mentre intorno a te il vuoto aumenta. Nessuna macchina a destare il silenzio, nessun uomo. Solo il tintinnio di una vecchia insegna, il frusciare degli alberi. Potrebbe essere un incubo o una fantasia della tua mente. Magari sei al lavoro e la tua mente è qui, in questo spazio umido dove le nuvole incuranti si apprestano a scatenare il finimondo. Pioggia. Acqua che formerà pozze in cui ispezionare la tua figura tremolante. Forse davvero non sei pazzo. Forse è successo davvero. E forse tu sei rimasto solo. Aspetti che l'acqua inzuppi i tuoi vestiti… Ne hai bisogno. Devi verificare di esser sveglio.

Ludovico dagli Occhi d'Oro

Avevo già tentato di farlo fuori, ma lui ostinato resisteva ai miei tentativi. Timidi per la verità. In effetti non ero io l'incapace. Era lui forte. Non potevo, però, farmi intimidire da lui. Spostandomi in cucina lo avrei visto. Con quei suoi occhietti malvagi, color dell'oro. Con quelle sue penne colorate. Ludovico. Pappagallo maledetto. Essere abietto. Buono a nulla, zozzone, ingrato e maleodorante.
Così l'ho decapitato.
Poteva la nonna continuare a tenerlo in casa? Vecchia scema. Cornacchia rattrappita.
Ho dovuto farlo. Liberarmi di lui è stata la cosa più allettante che mi sia capitata. Se uno di quei merdosi giudici, che tanto si gongolano con il moralismo, sapesse ciò che ho fatto mi osannerebbe. Temo però che quei gruppi di fanatici che si spacciano per animalisti chiederebbero la mia testa solo per aver contribuito al bene della società.
E sempre in nome del bene, stanotte ucciderò la nonna.
È vecchia, piena di acciacchi. Inoltre "scassa" dalla mattina alla sera. Se trarrò qualche beneficio anche io, non credo ci saranno ripercussioni sulla società. Se dovesse piacermi, non toglierò nulla al bene collettivo. Avrò avuto il coraggio di liberarci da un peso morto. La legge non sa chi ha di fronte, dunque non li avviserò. Potrebbero pensare che sono un killer, un pazzo che uccide per vedere il sangue. *Mio Dio no! Non sono così.* Non ho alcun interesse nel vedere il sangue della nonna. Sarà vecchio anche lui. Sono solo un ragazzo. Nessuno darà peso alle mie teorie.
Tra un po' la nonna andrà a dormire ed io la seguirò. Aspetterò che il suo battito rallenti, che il suo respiro diventi regolare. Poi la soffocherò. Nel modo classico, con il suo cuscino. Dirò che è stato un infarto. È anziana nessuno penserà che il giovane nipote, cattolico devoto, possa averle risparmiato la sofferenza di vivere ancora quei suoi meschini giorni monotoni e doloranti.
E questo mi disturba.
Neppure poco. Lo griderei al mondo intero che la ucciderò. Avviserei quotidiani, settimanali, mensili, televisione.

Anzi lo farò. Darò l'esclusiva a qualcuno e diverrò ricco e considerato. Se qualcuno oserà cingere i mie polsi con bracciali di acciaio, incasserò. Perché verrà anche il loro momento. Perché nessuna cella riuscirà a tenermi lì a lungo. Sono troppo "pio" per loro e so di mio di essere intelligente.
Ora prendo il suo cuscino e… «addio nonna»
«Addio? Chi credi che abbia ucciso il tuo paparino e la tua mammina? Sgorbio occhialuto e ciccione, non avresti dovuto uccidere il mio pappagallo. Stupido, credevi forse che non avrei capito che saresti venuto anche da me?»

Prese i ferri per fare la maglia e, senza nessuna esitazione, bucò gli occhi del nipote. Senza togliergli gli occhiali. A lei la vista del sangue non dava alcun fastidio. Che la polizia credesse pure quello che diavolo voleva. Anche che era una killer. Perché no? Già vedeva i titoli delle testate giornalistiche più famose: "Nonna killer uccide nipote bigotto". Tra quei pensieri continuava a infilare il ferro nel corpo esamine del nipote.
Strappando intestini, sollevando pezzi di cute con il ferro si riscopriva interessata all'anatomia umana. Che cosa affascinante vedere il sangue sgorgare da un vaso rotto. Che serata.
Indimenticabile.

Occhi Vitrei

Scie azzurre sul mare viola.

Eleva mani al cielo e vento ingarbuglia le sue chiome. Sta precipitando tra risate nella testa.

Si sveglia.

Sudore freddo. Lacrime asciutte a tenderle la pelle. Mani tremule a cercare un bicchiere. Un fottuto bicchiere.

È solo un altro giorno.

Guarda gocce scure sul pavimento. Schiamazzi confusi nella mente. Siede sul letto. Mani tra le ginocchia. Occhi cupi. Agitazione. Drizza lo sguardo dinanzi a sé trasportata da visioni. Ancora freddo. Ancora pioggia. Ancora vuoti.

Il computer emette luce rossa a colorarle le pallide gote.

Ricorda.

Guarda i suoi palmi e vede macchie nere. Si specchia scorgendo tagli sulle labbra. Piume a cadere, giorni a passare. Ragni pelosi compiaciuti camminano nei suoi pensieri. Si stringe le tempie in cerca di sollievo e mille cori si levano. Nell'angolo, privato, regna il ragno e la sua prole. Seduti al banchetto delle mosche.

Affranta. Impotente. Scorge il ragno con il suo incedere pressante, la sua sagoma vellutata, il nero dei suoi occhi. Spalanca la finestra in cerca d'aria. Soffoca. Le fanno male gli occhi. Bruciano in preda alle fiamme. Sente ribrezzo e rabbia.

Precipita.

Ripensa al sogno. Crolla davvero, adesso.

Ride. Ride. Ride.

Sono istanti lunghi anni. Colori cangianti dal verde al nero nella discesa frenetica. Li osserva stregata mentre rotea in un vortice di vento.

Asfalto.

Suolo rosso. Occhi intatti nelle macerie del suo volto. Mirano il sovrastante. *Vitrei.*

Sono io, il tuo Dio

«Sciocchi, assorbiti da menzogne! vi raggirerò, vi ucciderò!
Ma prima...
Ma prima: panico, angoscia, dolore.
Sono io, il vostro Dio.
Vi piace divorarmi con gli occhi, vi piace alimentarvi della mia forza. Mi amate. Venerate una parvenza, lati oscuri.
Pecore. Ecco cosa siete. Ed io chi sono?
Un mietitore di vite, un Dio. Il vostro.
Stasera ho in mente qualcosa di carino. Di tanto carino. Mi faccio bello.
Lo specchio riflette la mia immagine. Godo nel vedere le mie sembianze.
Indosso qualcosa di scuro. Mi trucco gli occhi. Pettino le mie lunghe chiome nere.
Sono bello. Come un Dio. Sempre il vostro.»

Volge le spalle all'uscio di casa e scende in fretta le scale. Un' abituale serata lo attende.
Eccolo, possiamo vederlo lì in mezzo a quelle sventole semi-nude. Pare si divertano.
Lui sembra un Dio e pensa di esserlo. Le donne che lo accerchiano e tentano di sedurlo, anche.
A fine sera ne sceglierà una. La prescelta.
E così passano le sere insieme agli anni. Passano i minuti con le ore.
E lui è lì che rimane intatto nel suo sfavillante corpo. Non risente del tempo, si direbbe…

"Questa rossa non è male. È un cane scodinzolante, potrei farle qualsiasi cosa. Farebbe tutto per me, ma sono stufo...
Voglio fare qualcosa di insolito.
Confessare."

Così si reca nella vicina centrale di polizia e fa un lungo elenco dei suoi misfatti, non economizzando sui dettagli.
Poi conclude:

«In fondo anche Poe lo ha scritto nel cuore rivelatore, no?»
Allude alla piena confessione, ma gli agenti non capiscono. Per dirla tutta neppure ci provano.
Quello è un pazzo, uno squilibrato fuori ogni misura. Uno da rinchiudere a vita e gettare la chiave della sua cella nelle fogne, sperando che qualche grosso ratto la ingoi e che ne muoia squarciato anche lui. Al diavolo! Maledetti assassini. Si nascondono sempre dietro a tragedie con cui mitigare le loro colpe. Come se le vivessero solo loro. Ed i poliziotti allora? Non sono uomini anche loro? Non hanno anche loro drammi alle spalle? Eppure sono lì un giorno dopo l'altro, ad invecchiare dietro le cazzate di quei maniaci. Credono che pentendosi possano riscattare in saldo la loro vecchia anima. Che svendendosi a buon prezzo, durante il processo, saranno accolti, dopo la morte, nel regno dei cieli.
Dannati! Ecco cosa sono.
Ma non è così. Oh quanto si sbagliano. Lui non è affatto pentito, né agogna fantomatici regni dei cieli. I suoi progetti sono altri. Se è lì è per promuovere la sua attività, non certo per rinnegarla. Insomma vuole solo cambiare aria, provare nuove cose. Nutrirsi di avvenenza e basta non lo appaga più. Magari potrebbe scorgere qualcosa d'interessante in quei muli di poliziotti. Magari potrebbe rintracciare del coraggio in loro...anche se comincia a dubitarne. Nelle loro menti vede solo frustrazione ed indolenza. In alcuni presunzione, ma di coraggio manco a parlarne. Forse potrebbe avere la fortuna di finire in cella con qualche artista del crimine. Chissà, magari un genio del male.
Invece si trova rinchiuso in cella con un soggetto buono a nulla, per niente prestante e tanto meno intelligente. Tra l'altro, costui, comincia immediatamente ad intervistarlo:
«Di' un po' cosa hai fatto? Io sono dentro per rapina a mano armata, c'è scappato il morto. Ne avrò per un bel pezzo.»
Deluso non lo degna di uno sguardo, si stende sulla sua branda incrociando le braccia sotto la testa e si mette a fantasticare. Avverte il vigore del mare, la brezza. Vede nuvole coprire il sole e incupire occhi azzurri. I suoi, da bambino. Non merita risposta un simile tonto. Uccidere per sbaglio, senza capirne il valore, la letizia. Senza intuire la finitezza del sangue che scorre lungo le pieghe di un corpo. Quello stesso sangue che impregna le sue mani ogni sera,

di cui a volte si nutre. Immagina di essere davanti lo specchio della sua stanza dopo aver ucciso. Si vede racimolare preziose stille del fluido rosso che si riversa dai corpi dei martiri. Si vede tingere il viso con il prezioso liquido che cancella il tempo, i ricordi, i pensieri penosi.
Sangue. Per lenire il dolore. Per lenire la vita.
L'imbecille potrebbe tornargli utile, però.
«Come ti chiami?» gli chiede ora senza guardarlo, eppur vedendolo.
«Agostino» risponde l'uomo impressionato.
«Chi è quell'uomo biondo che mi sta osservando al di là della grata?»
«Lo psichiatra del carcere. Noi lo chiamiamo avvoltoio. Sta lì in attesa di vederti cedere e poi ti usa per strani esperimenti. Vuoi un consiglio amico? Fai in modo di non doverci mai scambiare una parola.»
«Esperimenti? Che tipo di esperimenti?» domanda compiaciuto.
«Non sto scherzando. Mi credi pazzo? Chiedi a chi vuoi. Qui, ogni carcerato lo sa. Crede che i matti possano essere sanati chirurgicamente e che molti ergastolani siano le cavie giuste per sperimentare le sue teorie. Nell'ultima cella di questo braccio c'è un uomo. O meglio, lo era. Ora non so cosa sia. Non lo abbiamo visto più da quando l'avvoltoio lo ha "curato". Dicono sia un pericolo per noi altri e che rimarrà per un bel pezzo in isolamento. Ma io non ci credo.»
"Un uomo folle, dunque, trasformato forse in un relitto senza cervello dalle capaci o incapaci mani di quell'affascinante psichiatra. E sì, è proprio il caso di conoscerlo" pensa. Si avvicina alle barre e lo chiama. Non con parole, bensì con gli occhi. L'uomo di scienza si avvicina, attratto dal quel prigioniero. Osserva quegli occhi. Azzurri come l'oceano. Quel volto. Magnifico nella sua perfezione. Non è mai stato sedotto da un uomo. Ed ora invece si avvicinava a falcate verso la cella immaginando di baciarlo, di adorarlo come un Dio, il suo.
«Chi sei?» gli chiede.
Lo guarda negli occhi e vede non più la spoglia galera, ma vortici impetuosi di acque blu. Vede gabbiani lanciarsi con grazia a staccare carni di ratti audaci spintisi lungo la battigia in cerca di cibo, o forse libertà. Vede il rosso del sangue, la maestosità della

collera, la potenza del male. Oh sì, potrebbe essere il suo miglior esperimento. Desidera farlo suo. Rubargli quegli occhi, il carisma. Adorarlo fino alla morte, dopo averlo imbalsamato. Intanto lui elabora altro. Vede la bellezza dell'uomo scomparire nella polvere. Vuole ingoiare le sue insana teorie. Rapire gli ultimi barlumi di giovinezza di quel corpo. Ma al momento si finge innocuo.
«Sono io, il tuo Dio» il medico non si stupisce di quella risposta.
«Vuoi seguirmi?»
«Perché no? Sei il mio tipo»
A quella risposta il dottore ha un sussulto, un brivido. Di piacere, si intende.
Così si avviano verso il gabinetto scientifico. Un luogo asettico, normale. Nessun attrezzo di tortura né cervelli in "salamoia". Solo squallore. Macchinari scientifici, un armadietto per i farmaci, un lettino, una scrivania, una poltrona. Niente più. Probabilmente la sala operatoria è occultata dal paravento. Entrati nella stanza, il medico dà corpo alle sue fantasie. Lo bacia, lo tocca, lo ossequia come un Dio, attendendo il momento idoneo per anestetizzarlo. D'altra parte, lui accetta di buon grado le attenzioni. Prima che il medico abbia tempo di prendere la siringa, che conserva astutamente in tasca, lui agisce. Lo guarda con intensità e lo proietta verso figure fantastiche. Stupendamente atroci. Lo psichiatra non riesce a staccare gli occhi da quelli di lui. Attraverso essi giunge finalmente ad ottenere risposte che ha sempre cercato. Senza sezionare cervelli, senza dissertare menti, trova tutte le soluzioni. Capisce. Ora, lucidamente comprende. Nel suo idillio non si accorge delle intenzioni dell'altro. In fondo, anche notandole, avrebbe mai potuto rinunciare all'appagamento della sua remota arsura? Sterili libri buttati lì nelle lunghe pagine della sua assurda vita universitaria. Improduttive dispute con docenti frustrati, superstiti di chissà quali vanagloriosi sogni infantili. Che andassero al diavolo, loro e le loro tesi. Lui ha bisogno di conoscere i perché, non limitarsi a pensare *"è così"*. Come diavolo fanno a pensare che è così semplice? Ora ha la dimostrazione delle sue teorie. Veraci, non certo balorde e accomodanti come le loro.
Mentre il giovane scienziato si perde in quelle che secondo lui sono le verità assolute della psichiatria, con noncuranza lui gli pianta la punta dell'anello, che porta all'indice, nella colonna vertebrale fino

a conficcarla nel forame vertebrale dove, come certamente il medico sa, scorre il midollo spinale. Fa un varco tra due vertebre, lo rigira con presa decisa e vi affonda le labbra a mo' di ventosa. E risucchia. Tutto. Fin su. Fino al cervello. In fondo a cosa serve la spina dorsale di un uomo se non ad essere adoprata come cannuccia?
Si dissolve nel vento, attraverso la finestra. Attraverso l'aria frizzante della sera. Verso brezze marine. Cosciente di aver preso qualcosa in più della semplice gioventù o bellezza. Cosciente di aver rubato teorie, anni di studio, di fatiche. Cosciente di aver preso qualcosa con cui entrare nella mente di altri uomini. Uomini che non vedono bellezza, ma solo libri.
Uomini persi nei loro studi, nelle loro dottrine.
Ora possiede la chiave per accedere anche in quei cervelli. Ora possiede la chiave dell'intelligenza.

Anima e Core

È fattibile morire vivi?

Nell' ondeggiamento volgare delle folle distorte, negli affanni e smarrimenti di giorni nulli e striminziti, era morta.

Proprio così, morta. Si era sempre chiesta se oltre al corpo ci fosse anche un'anima.

Eh sì. C'era proprio, l'anima. Anche bizzarra, volendo. La sua aveva deciso di lasciare il corpo quando lei era ancora viva. Che anima paradossale.

Non ricordava il giorno, quasi certamente aveva rimosso la giornata del suo trapasso.

Ed ora era riapparsa.

Inaspettatamente. Avrebbe potuto benissimo starsene tranquilla per i fatti suoi e lasciarla campare da ameba per la rimanenza dei suoi dì. Al contrario, la bastarda era tornata. Perbacco se il suo rientro le aveva fatto male. Era stato un rinascere, un rianimarsi. Nel vero senso della parola e non inteso come attimo positivo. Anzi. Comprendeva solo ora il perché delle strilla dei nascenti. Altro che per l'impatto dell'ossigeno con i polmoni. Evidentemente l'anima, astuta, aspettava i nascituri al varco e zac entrava nei loro corpicini insolentemente.

Ed ora che fare?

Erano giorni che si affliggeva. Giorni? Mesi.

Erano stati mesi intensi, mesi di tattiche. Oserei dire belligeranti. Verso se stessa, o meglio, verso la sua anima. Se apparteneva a lei, come si era permessa di sgattaiolare senza avvertirla e, soprattutto, perché?

Era giunta ad una conclusione: doveva parlarle. Bisognava che le spiegasse ogni cosa. Sparire così nel fiore dei suoi anni. Magari le sarebbe servita in alcune contingenze. Quali, poi, erano un mistero. Ma senza altro c'erano stati episodi, che importanza aveva scervellarsi adesso per ricordarli?

Era tornata. Questa era la cosa importante. Che si decidesse una volta per tutte ad aiutarla. Oltre al fottuto dolore doveva darle delle indicazioni per filare via dalla esistenza problematica che si era creata in sua assenza. Quindi doveva trovare quella mollica di coraggio, che era certa di possedere da qualche parte, ed affrontarla. In effetti, aveva continuato a far finta di niente per un po'. Be' che c'è? Non aveva voluto darle importanza. La vile l'aveva abbandonata. Avrebbe dovuto far l'inchino al suo ritorno? Dopo la sofferenza iniziale l'aveva semplicemente ignorata, fingendo che non ci fosse. L'anima non si era certo lamentata, affatto. La bastarda continuava le sue vacanze, e diciamolo, per niente meritate.

Aveva trascorso 5 anni vuoti. Ma la cosa che più la indispettiva era che la signora anima stava ad osservarla commettere errori su errori senza muovere un dito.
Era ora di finirla. Era come la faccenda dello Stato.

Quindi si accomodò dinanzi al suo specchio più grande e sperò che, come nella favola di Biancaneve, questi le parlasse.
Ma l'anima, che a dirla tutta era più scaltra di quello che avesse creduto, non si faceva vedere. In effetti c'era da capirla, l'aspettava una bella scudisciata. Verbale, intendiamoci. Si può altrimenti scudisciare un'anima? Incorporea, magari un tantino indaco, (in televisione la presentavano così), era irrazionale pensare di sferzarla fisicamente. Non era affatto scimunita, lei. No, signori miei. Aveva fatto anche le scuole superiori. Si era diplomata con voti più che buoni.

Alla fine, stremata, se ne era andata a letto. Aveva trascorso ben quattro ore a spronarla in tutti i modi a mostrarsi, dannazione! Ma lei niente.
"E sia" pensò *"prima o poi scoprirà le sue carte, la mascalzona"*.

Fu davvero così, checché ne possiate pensare.

Dopo una settimana d'insistenze si decise a farsi viva.
Non le comparve nello specchio come alla strega di Biancaneve, ma nella tazza del bagno. Mentre tirava lo sciacquone.
Se ne stava acquattata alla base del water e non era affatto come la fanno vedere in tv. Non era ciò che si suole definire un'anima

elegante. Ma era la sua. Di questo era sicura. Nera si, ma in fondo sempre sua. E poi quelle zampine… non se l'era immaginata mica in quel modo! Che millantatori quelli della televisione, truffare così onesti cittadini, che per giunta pagano anche il canone! E poi agitava la coda. Un'anima con la coda? Era possibile?
Probabile, in fondo chi mai aveva detto che le anime sono identiche? La sua aveva la coda. E con ciò? Non può l'anima avere la coda? Mi pare assurdo che ci sia gente che possa pensare che tutte le anime siano uguali: belle, eleganti e color indaco. Anche l'anima di Maurissio Costazo, dunque, è così? Magari anche longilinea ed elegante? Sicuramente quella era tozza e con il collo corto.

Finalmente qualcosa successe, l'anima spalancò le fauci e le parlò.
Lei, che tanto aveva bramato quel momento, rimase sbigottita. Non una domanda le venne in mente. Una strana sensazione di gratitudine la invase, invece. Non ira, bensì riconoscenza per il suo manifestarsi.
Così l'anima parlò e nessuno obiettò.
Le diede istruzioni precise. Era un'anima decisa la sua, sentì l'orgoglio impadronirsi di lei.
Fu chiara e concisa: *"vai e uccidi quell' abominevole vicino che ti strazia con le sue nenie napoletane"*.
Mai aveva creduto che l'anima sua potesse illuminarla così. Rappresentava senza alcun dubbio una soluzione ottimale per risollevare lo stato in cui vivacchiava. E dopo quello avrebbe ucciso tutti quelli che rendevano la sua esistenza fastidiosa e ripugnante. L'uomo delle canzoni napoletane era solo il primo. C'erano poi quelle moleste vecchiarde dall'altra parte della via che non facevano che spiarle dentro casa. Non poteva affacciarsi alla finestra in vestaglia e con i bigodini che subito erano pronte a canzonarla.
Così andò in soffitta e tra i vecchi ricordi scovò alcuni utensili che potevano prestarsi all'uso. Una rastrelliera per fare giardinaggio, delle forbici della sua bisnonna un po' arrugginite, ma in fondo dovevano morire mica tagliarsi le unghie.

Preparò una torta al limone ed indossò il suo abito migliore. Era a conoscenza dei gusti del vicino napoletano. Spesso le aveva decantato il sapore dei limoni della bella Amalfi. Molto spesso, anzi troppo. Avrebbe ascoltato un'ultima volta la storia di quei fottuti limoni e poi…

E poi bussò.

Il vicino non tardò ad aprire. Sapeva di trovarlo in casa, l'anima caudata era stata chiara a riguardo, le aveva svelato tutti gli orari in cui l'uomo era solito rintanarsi nel suo appartamento.

La fece entrare e le preparò un caffé. Con la sua moka, Dei del cielo, non certo con la macchina per espressi! Gli sorrise e gli porse la torta.

L'uomo, grato per il bel gesto che mai e poi mai si sarebbe aspettato da quella strega mezza pazza, ne preparò immediatamente due porzioni. Mentre stava per porgergliela lei lo bloccò e gli chiese di intonare una delle tante cantilene napoletane. L' uomo si gonfiò di fierezza e cominciò il suo show.

Da dietro la schiena dell'uomo lei si mosse felina. Prese la piccola rastrelliera e gliela infilò in bocca, come si fa per estirpare le erbacce. La conficcò nel palato e cominciò a strattonare per inserirla bene, mentre l'uomo urlava. La usò a mo' di divaricatore, per tenergli aperta quella dannata bocca. Prese le forbici, tanto care alla sua bisnonna che le aveva adoprate per confezionare gli abiti dei suoi bimbi, e gli recise la lingua. Ahimé non riuscì a compiere un taglio netto, così quella fastidiosa robaccia molle rosa rimase penzoloni nella bocca. Nel frattempo l'uomo si dimenava e tentava di sganciarsi dalla presa. Ma lo spavento e la sorpresa lo avevano come paralizzato. Così lei ebbe tempo di vedere un truce dettaglio. Denti cariati. Non meritava, dunque, la morte? Chi più di lui poteva esserne all'altezza? Di sicuro non sapeva neppure il significato di spazzolino, figuriamoci di filo interdentale. Accecata dallo schifo e dalla disapprovazione, gli infilzò le forbici nello stomaco e poi, con forza che non aveva mai sospettato di possedere, le ricacciò e gliele infilò nel petto non una, non due, bensì 5 volte.

Alla fine, quando il corpo esanime dell'uomo si accasciò sul pavimento, si sedette esausta.

Ora la sua vita aveva un senso, colori. Uno scopo. Queste sì che erano cose che nella sua vecchiaia avrebbe potuto raccontare ai nipotini attorno al fuoco!
Ora sapeva cosa rispondere alla domanda *"nonna che hai fatto nella tua vita?"*
La paladina, ovvia risposta. La paladina della giustizia.
Per fortuna che l'anima era tornata ad indicarle la retta via.
Per fortuna.

Ossessione

Qualcosa sbrana corpi e spiriti, pondera che la follia delle menti possa essere deviata nella luce affranta di espressioni impazzite e risvolti tremolanti. Crateri infranti, acqua che si riversa mentre le finestre del vicino si dischiudono.

Un tornado lacera le idee. È un tumulto possente e lancinante.

Deviazioni.

Lavori in corso negli impulsi. Bloccare ciò che provi. Mutare ragionamento. Lasciare che dita gelide, si frantumino appena tocchi ciò che brami.

Veemenza.

Miraggi che furono, che non ebbero mai obiezioni. Mai resi credibili. Stoltezze uscite di mente nel vigore delle suggestioni. Dici di essere infelice? Dico che sono squilibrata.

Eludi. Scivoli via dalle mie spossate resistenze. Avviluppati in schiavitù, assediati in segrete. La notte porta consiglio? A chi? Se la notte è piena di orrore? Di angoscia?

Qualcuno disse che il destino opportunista si vendica dell'intreccio degli spiriti, che il distacco fa perdere la ragione. Altri dissero che la dipendenza è malattia. Ossessione. Possessione infernale.

Ho paura. Niente va bene.

Si appanna la vista e cerco annientata l'accendino per dar fuoco a questo male.

Desolazione.

Fondi di caffè nella tazza di porcellana. Vuoto nelle strade. Ho freddo. Sono fredda. Immota.

Sto solo aspettando. Te.

A Gambe Incrociate

A gambe incrociate mi scruto dall'alto, mentre librata tra due mondi ammiro dissiparsi ombre dalla mia testa.
Vomito sangue, intanto che ridendo stendo l' esistenza al sole.
Sussurri nei teschi e incendi rabbiosi dalle sagome luccicanti davanti i miei occhi neri.
Seduta a gambe incrociate, lungo questa via che mi ha visto bambina, oscillo avanti indietro. Celata dietro occhiali da sole, ironizzo.
Seduta a gambe incrociate su questo muretto, protendo lo sguardo al mare mentre vento mi ingarbuglia i capelli.
Percezione di vuoto.
Seduta a gambe incrociate, all'ultimo piano di questo palazzo in costruzione, torno ad essere bambina spavalda.
Seduta a gambe incrociate per terra, scrivo nel tempo in cui incantevoli figure si plasmano nel cielo in questa alba.
Seduta a gambe incrociate, sulla spiaggia, lascio che granelli feriscano il mio viso.
Agitarsi di capelli, occhi dischiusi alla ricerca di riverbero.
Mal di testa. Successioni incessanti. Mani alle tempie. Urla laceranti nel cervello.
Respira, respira...conta conta...
Una, due, tre.
Medito.
Quattro, cinque, sei.
Scendono le prime stille in un bicchiere.
Sette, otto, nove, dieci.
Non sento niente.
Nero. Bevo. Tutto di un colpo.
Rogo alle mani, esalazione turchina che si disperde ai primi barlumi.
Sto bramando il loro esito, mentre a gambe incrociate, alla fine comincio a ridere...

Occhi Rossi

Rossi petali nell'avanzare del tempo. Un raggio sprigiona il suo bagliore ferendo degli occhi. Occhi rossi. Occhi di donna, occhi di strega. Mani bagnate da gocce rosse. Gocce di sangue. Passi lenti e silenziosi. Esplosione di mille suoni, mille ossessioni. Corre in cerca di qualcosa, mentre dal labbro inferiore le scende un rivolo di sangue. Scende scale lunghe miglia. Corre verso soffitti immensi. Corre verso il suo destino.

Entra nella chiesa.

Il suo abbigliamento è casto. Il suo volto è pulito. Il fazzoletto nero che le protegge i capelli ed il volto, passa inosservato. Si celebra un funerale. Dal fondo della chiesa osserva l'organo. Il prete dice messa, intanto che lei fantastica di aghi e sorride. Concentrata fino alla follia, percorre le navate e ne studia ogni angolo. È freddo. L'odore d'incenso è possente ed i muri sono torreggianti. Paiono mutare sagoma quando alza lo sguardo per osservarli. Le pare di uscir di senno. Non riesce a contemplarli. Non riesce a vederli bene. Deviano, si storcono e una sensazione di impotenza mista a rabbia la gremisce. Prosegue nel suo tragitto incurante di eventuali occhiate a lei rivolte. Vede un petalo di rosa. Rossa. Rossa come il sangue. Come i suoi occhi. Si china e lo raccoglie. Lo tocca e gode del suo vellutato tessuto. Alza il capo e vede una figura. Non riesce a metterla a fuoco, sembra che si avvicini e che cambi posa. Eppure è immobile. Raffigura un santo. Gli occhi della statua si illuminano, mentre lei capisce che non è lì per caso. Destino, fato. O quant'altro abbia lo stesso astruso significato.

Destino. Cosa è il destino? È solo un'invenzione. O no?

Maledetti. Sono tutti maledetti.

Si avvicina alla scultura la sposta e scorge un varco che si apre su un luogo umido e buio. Sul pavimento scorge ancora petali. Li segue attirata. Procede nel posto umido e avvista ragni calare ragnatele come sipari alla fine di uno spettacolo. Vede gli occhietti delle bestiole dilatarsi dentro i suoi. Vede il tremore nei loro fragili e penosi corpi. Sorride beata. Il luogo della sepoltura è stato scelto.

A fine messa la chiesa si aprirà alle prove di un aspirante organista.

Il suo organista.

Le tornano in mente le sere in cui il suo sguardo risplendeva ancora di una tenue luce ambrata. Quando il nocciola dei suoi occhi era brillante e fiero. Quando il vento tiepido delle notti d'estate le portava alle labbra un dolce sorriso, quando lui le sfiorava il volto e le sussurrava parole dolci. Parole candide, parole eterne volate con l'alito mite di quelle sere. Rivede le sue mani intrecciarsi con le sue. Nobili dita, allora. Intrise di sangue, poi. Del suo sangue.
Ora, nella chiesa fredda rivive il suo male. Ripensa a quando lui ha lasciato che precipitasse nel vuoto. Rivede lo sguardo di lui. Lo rivede proteso verso di lei che piomba nel baratro.
Immobile. L'ultimo istante, prima del buio, lo intravede perfino sorridere. Capisce solo allora. Non lascerà che lui scordi. È tornata per questo. Affinché lui comprenda. Sente il sacerdote congedare i fedeli. È arrivato il momento. Un'inaspettata allegria la invade mentre nella sua mente rimbombano le note della "Toccata e Fuga" di Bach. Affretta il passo. Si reca sulla balconata dove è posto l'organo. Le basterà dare un ultimo ritocco ad alcuni meccanismi. Allo scoccare delle ultime note, suppone, il meccanismo si azionerà. Non le resta che ripararsi dietro la tenda, in attesa dello spettacolo. Agognato spettacolo.
Nascosta dai drappi, lo osserva entrare. Lo guarda salire celermente le scalette. Lo scorge appoggiare i suoi libri e accomodarsi all'organo. "Gloria" di Vivaldi le risuona in testa. Assapora la vendetta mordendosi il labbro inferiore. Lo addenta così forte che compare una scia di rosso sul suo bel volto chiaro.
Intanto lui ha cominciato il suo esercizio. Appare pago. Gli occhi socchiusi. Trasportato dalla sua arte, non si accorge delle mani di lei che ora compaiono dalle cortine. Stringe una piccola ascia. Le servirà dopo che gli aghi avranno compiuto il loro lavoro e lui sarà accecato.
Il brano prosegue e con lui gli ultimi minuti di esistenza del giovane organista.
Un topo fa capolino dalla cortina di velluto dove Occhi-Rossi è nascosta. La osserva brandire la minuta scure. Si avvicina incauto e lei lo individua. Si china e con tenerezza gli accarezza il capo.
Anche il topo ha gli occhi rossi. Come i suoi.

Ma l'organista continua ad accodare le note l'una dopo l'altra, scandendo il resto del suo tempo… e non è tempo di pensare. Non è più tempo da molto.
Eppure si perde a guardare quelle agili dita che un tempo la carezzavano.
Improvvisamente il suono si distorce e una stridula voce sembra accompagnare la melodia. Occhi-Rossi apre la tenda ed il suo sguardo allo spettacolo. Vede gli aghi collegati ai tasti lanciarsi verso gli occhi del giovane. Vede lacrime uscire dai suoi neri occhi. Lacrime di sangue. Sente in lontananza urla, mentre solleva la scure e la batte sul bruno capo del suo, un tempo amato, organista.
Stille paffute di sangue ora le ricadono sulle mani e sul viso. Sembrano petali di rosa. Rossa.

Il Male Incurabile

Se nel cielo d'estate ci fosse stato uno squarcio nessuno se ne sarebbe accorto, intenti com' erano a discutere e ad imprecare. Carol addirittura aveva afferrato un ferro arrugginito e manifestava apertamente la voglia di usarlo contro Nina, sua figlia. Da parte sua Nina, cercava di pararsi da quell'ondata di parole sconce che scaturivano da quella fogna che il padre aveva per bocca. Forse non era corretto a 17 anni passare la notte fuori con il suo ragazzo, ma non era giusto neppure fare da babysitter a suo fratello di 3 anni figlio di seconde nozze. A dirla tutta odiava ancora di più aiutare nelle faccende domestiche quella sciagurata della matrigna. Che diamine, Biancaneve era stata fortunata a suo confronto. Eppure qualcosa le diceva che non ci sarebbero stati principi azzurri per lei. In effetti il suo ragazzo, oltre che spiantato, era anche brutto. Non avrebbe scommesso neppure un capello che vedendola morta si sarebbe chinato a baciarla. Anche da viva non è che lui facesse le capriole. A pensarci attentamente i baci si erano dissolti magicamente dopo appena una settimana che stavano insieme. Lui andava subito al sodo e lei non se ne lamentava affatto visto il lezzo proveniente dalla sua bocca. Sospettava che non sapesse il significato di dentifricio.

Tuttavia era inutile perdersi in riflessioni, ora che padre-padrone si era armato. Le soluzioni potevano essere al massimo due: darsi alla fuga oppure rimanere e combattere. Combattere? E come? Armata di una borsa di pelo marrone? Meglio fuggire.

Così a sera si ritrovò nei pressi della sua casa in cerca di una soluzione per entrare. Nascosta dietro il pioppo del vicino osservò tutti i movimenti della famiglia. Assurdo solo pensare di rientrare con il padre sveglio. Di sicuro avevano festeggiato la sua fuga sperando che fosse definitiva. Vederla rientrare sarebbe stato non certo un sollievo, bensì una seccatura. Anche bella e grossa. La matrigna non faceva altro che rinfacciarle quei quattro soldi che spendeva per mangiare e per vestirsi. Intanto non poteva rimanere dietro il pioppo, come un cane, eternamente. La combattività del giorno era svanita con l'allungarsi delle ombre fino a mutare in una sorta di frustrazione e dolore con il comparire di uno spicchio di luna. Addirittura sentiva bruciarsi lacrime di disperazione negli occhi. Come avrebbe fatto senza la sua crema antiacne? Senza lavarsi? Come sarebbe andata a scuola il giorno dopo? La scuola era la sua normalità. Chi era quella donna che era entrata in casa sua strappandole il poco affetto del padre? Al diamine doveva dare una svolta alla sua vita. Doveva dare una rassettata in quella casa. Via tutti i giochi di quel piccolo delinquente. Via tutte le calze a rete di quella puttana che con il sesso aveva arraffato quei quattro spiccioli che erano stati risparmiati per lei dalla madre. E affanculo anche quell'imbecille di suo padre che l'aveva messa in un angolo per far posto alla sua novella vita rinfacciandole di essere viva. Viva? Era davvero viva? Possibile che fosse morta lei invece della madre? Era forse all'inferno?

Fu così che pianse. E con le lacrime precipitarono anche le ultime speranze. Gli occhi le bruciavano, il naso le colava e la disperazione stava astutamente cedendo il passo ad un nuovo sentimento: la vendetta.

Ma avrebbe agito astutamente. Non aveva nessuna voglia di passare i prossimi trent'anni chiusa in qualche prigione o rifugio per matti. Che matti e matti! Era sana come un pesce e chiunque si fosse trovato nei suoi panni avrebbe ritenuto legittimo tentare di debellare quel male incurabile che era la sua famiglia. Sapeva altresì bene che non era neppure lontanamente realistico tentare di difendersi legalmente oppure appellarsi alla clemenza di qualche giudice. Quindi addio alle regole e benvenute maniere forti. Un incendio. No troppo scontato…ci sarebbero arrivati finanche i pompieri giunti per spegnere il rogo. Allora cosa?? Possibile che ragionasse in maniera così semplicistica? Un avvelenamento dell'acqua? Non era forse scontato anche quello? E cosa allora? Cosa? A quel punto le venne un'idea. Anzi L'IDEA. Non aveva da poco conosciuto quella maga che abitava in fondo al paese? Come si chiamava? Madame… madame! Oh diamine il fottuto nome della maga. Il suo ragazzo prima di presentargliela le aveva accennato qualcosa sul non mettersi contro di lei. Le aveva assicurato che sua zia era inspiegabilmente svanita dopo un'accesa lite con quella strega. Madame Berenice. Ecco come si chiamava. Si, in effetti le sembrava un metodo alquanto insolito e non si fidava della riuscita della cosa… però tentare non le avrebbe arrecato nessun danno. Se non quello economico. Avrebbe rimediato rubando in casa. Il minimo che poteva fare era addebitare al padre la spesa per quel servizio. In fondo ne avrebbe usufruito lui e la sua nuova famiglia. Tra pensieri di maghe e risolini soddisfatti crollò in un sonno profondo ai piedi del pioppo.

Il sonno porta consiglio. Eppure a volte inverosimilmente sono proprio i consigli che portano il sonno. E nel sonno vide la sua casa. Sua madre accasciata sulla vecchia poltrona. Il viso di suo padre solcato da tracce profonde. Vicini al camino in silenzio. Un leggero barlume rosso a colorare i loro visi cinerei. Sulla mensola del camino un rosario e una foto. La sua. Poi sentì lo squillo del telefono. Suo padre parve ridestarsi improvvisamente, si alzò risoluto e si recò nella stanza attigua per rispondere. Poi riapparve e disse: è morta.

Era stata in coma. Per tre anni aveva solo sognato. Tre lunghi anni.

Fragola

Drappi ondeggianti sui silenzi delle anime. Solchi profondi sulla pelle, tracciati come da mano infantile su battigia.
Bamboline danzanti tra sporcizia. Cori di fanciulle la domenica in chiesa, vetri colorati a deviare la luce. Bianco nella mente, bianco nei pensieri…

Seduto su una panchina sgranocchia un panino e concetti senza senso. Non ricorda chi è, né chi fu. Sogghigna e muove in maniera ritmica la testa osservando un' attempata nutrire piccioni.
Vede bagliori rossi e ode richiami.
Un altro sorso di vino e le sue gote diverranno mature fragole rosse.

Dicono sia pazzo. Ma lui ha visto, ha sentito…e toccato. Con le mani. Le sue. Artritiche, screpolate. Tremanti. Bramanti giustizia, brandenti coltelli.
Vittima ignara, piegato da un Dio. Il suo. Piange lacrime di sangue ed il vento gli alza i capelli unti. La sua bocca è impastata e il suo alito fetido. Ha gelo nel corpo e nel cuore. Una voce mite ripercorre i sentieri della sua mente. Indossa il coraggio ed impugna l'arma. Attraversa viali e calpesta ratti. Cammina trasportato da una armonia incantata.
Scopi vicini e lontani.
Battiti convulsi, eppure lenti…così lenti…così dannatamente lenti…
Lercio nel vestito e nell'animo, striscia lungo sentieri erbosi.
Lo vede attraverso la finestra. Ombra grigia nella notte. Padre che fu.
Fronde sconvolte dal vento sollevano mani a porgergli aiuto. Si arrampica lungo il tronco e si cala sul davanzale.
Scroscio di vetri e sangue sul viso. Davanti al genitore alza il coltello. In alto. Con forza. Passione e amarezza.
Giace sul pavimento il corpo di un uomo. Il corpo di un padre.

Senza Testa

Notte fonda. Intricata. Maledetta. Suoni anomali spinti verso orecchie prive di testa.
Cenere caduta e luce arancione ad abbagliare pupille spente.

Dimenticata in un angolo, sussultante, serra le sue ginocchia. Ripudiata dalla vita, abbandonata dal mondo. Nessun luogo né alcuna meta per lei.
Aveva spiato cieli azzurri, pedinato gabbiani, rincorso la scia bianca sull'asfalto. Spavalda. Senza remore, amarezze e rammarichi.
Niente. Questo il compenso dei sogni.
Lei, eterea in mezzo alla realtà. Figura trasparente nei vicoli bui dei suoi anni.
Tenebre. Soffio glaciale ad arrossarle gli occhi. Il suo fato.
Vestiti scuri per avvolgere disperazione.
Un tempo, volta ad ammirare piccole luci da un'altura, aveva creduto. Aveva sperato. Ora, solo buio ad ombreggiare la sua vita. Indecente buio.
Disdegna il sole e chiude violentemente le sue palpebre.
Esistenza è tormento. Fobia. Morte. Vita è morte. È se è vero questo, è vero il contrario.
È dal presupposto che germogliano gli eventi. È dall'angoscia che sboccia il male.
Forte del concetto, impugna un rasoio. Luccicante sotto il tenue barlume lunare. Affilato, nelle sue mani bianche, graffia vite. Le stesse mani toccano i volti dei martiri, lasciano scie rosse lungo i sentieri della pelle. Nelle albe fredde coglie l'ultimo vapore dei loro respiri. Traccia linee nette sui loro colli, ora innocenti ora rugosi e sfatti. Di ognuno di loro conserva un ricordo. Nel suo scrigno incantato conserva le loro grazie. Si alimenta della loro vita. Si sfama con la loro morte.

Si dissolvono voci spinte oltre il recinto delle sue nebbie. Nella sua dimora aleggiano suoni anomali che giungono antichi e sbadati alle sue orecchie. Orecchie prive di testa.

Artigli di Neve

Nella notte, il gelo paralizza rami come mani in cerca di appiglio nel vento sibilante…e con il vento, neve.
Poi buio. Un tonfo. Urla isteriche. Luci come lampi attraversano le carrozze del treno. Viaggiatori scossi in preda all' isteria.
Lui invece resta seduto in disparte. Assente. Con gli occhi persi nel vuoto. Poi volge lo sguardo in un punto. Comincia a sentire melodie astratte.
Fuori é caos. Lui impugna la sua lama argentea e sente caldo restituirgli quiete. Che frastuoni! Che strepiti! Che molestie… Non può sostenere quell'assurdo invasamento.
Indignazione.
"Nulla in mundo pax sincera". Continua a captarla amplificata. Scompaiono i passeggeri esaltati mentre si abbassa il cappello sugli occhi. Un sorriso gli rischiara il volto lugubre. È un film muto intriso di soavità.
Dispone che è ora di eseguire.
Dorme la nonna stretta al nipotino. Il prete prega. La ragazza piange. Ottusa, balorda, insignificante….e nel raggiungere l'apice della lirica le stringe la gola fino a quando lei smette di emettere suoni ed, incredula, lo osserva attonita infilarle le forbici in gola, alla ricerca dell'ugola….
Con un tocco deciso, il maestro recide l'ugola e poi la lingua. Dalla candida bocca adesso affiora sangue. Fluido, rosso. Caldo. L'artefice arride. Appagato. L'ombra avvolge le sue forme, mentre la colpisce al petto con la lama argentea. Con la precisione del chirurgo sta delineando una linea netta, intanto che muove il capo trasportato da note divine che svolazzano leggiadre nella sua offuscata mente. Il taglio è realizzato. Dallo sterno all'ombelico. Viscere in bella mostra.
La nonna ancora dorme, mentre la ragazza emette gli ultimi lampi di barlume dagli occhi vitrei e con la mano implora attenzione.
Un attimo e tutto è svanito.
Il prete ora solleva stanco le mani al cielo. Sta benedicendo colei che fu. Che non intravide mai la fine del tragitto…

Il carnefice ritornato al suo posto, sfoglia sbadato un libro di ricette. Pensa al tepore della sua casa. Alla moglie che cucina, mentre il gatto si acciambella al caldo del camino.
“Raindrop prelude” ora alita nel suo cervello.
Avverte calma invaderlo e gioia mischiarsi a mestizia…

George

Nell'afa di una mattina di luglio, George, un impiegatuccio grigio, scomparve.
Si dissolse. Nel tremolio dell'asfalto. Mentre percorreva la lunga discesa che lo avrebbe portato a casa. Con la sua borsa nera. Con i suoi pantaloni ampi di lino. Con la sua pancetta traballante.

George, una vita di insulti. Una vita inutile. George, il ciccione.
Nessuno si accorse del suo dileguamento. Nessuno ad attenderlo, nessuno a rammentarlo.
Come puntino nel cielo, come goccia nel mare.

Ci sarebbero tante cose da dire sulla sua adolescenza..ma più sulla sua infanzia.
George era stato un bambino impacciato, ma privo di cattiveria. Non certo un bel bambino, ma tanto buono come gli ripeteva zia Carlotta. Non aveva amici, per via del suo aspetto. Era obeso. La zia gli ripeteva che era solo robusto.
E sì…la zia.
Zia Carlotta. Unica parente in vita. Anche questo era motivo di sbeffeggiatura per George.
Ridicolizzato nell'aspetto, deriso nell'abbandono.

Cosciente della sua mole, George chinava il capo e proseguiva, tra gli spintoni dei bulli, per la sua strada.
Cosciente delle sue limitazioni, piangeva lacrime solitarie nel fienile vicino casa.
Cosciente sin da piccolo di essere un fallito.
Cosciente fin da allora della brutalità dei suoi simili.
Consapevole dei suoi teneri anni gettati in un turbinio di ingiurie. Annientato nella sua sensibilità. Bastonato nel profondo. Lacrime amare a rigare il viso paffuto. Lacrime salate ad insaporire la pelle dolce di bimbo. Manine grassotelle unite in grembo come in attesa del colpo finale. Chiunque beffava il suo portamento, la sua goffaggine, le sue lacrime, la sua vergogna. Spietata vergogna.

Oh George avresti dovuto ucciderli, ucciderli a sassate. Massacrarli.

Invece fu massacrato lui, tra l'euforia generale.
All'età di 28 anni rimase solo. Anche la zia lo lasciò.
Solo. Nel suo mondo ostile, con i suoi vestiti extralarge, con le sue guance grassocce ora velate di un' ombra bionda. Ma gli occhi di George. Oh quegli occhi verdi. Verdi come la selva in estate. Verdi come la speranza che non aveva.

Oh George avresti dovuto cucire la loro sporca bocca.

Invece chiusero la sua, di bocca.
E con la bocca la mente. Nei panni di un impiegato trascorreva le sue giornate tagliato fuori da adulto, come da bambino. Nelle giornate tiepide soleva mangiare il suo panino lì, in quel giardino. In compagnia di suoni remoti. In compagnia di frasi lontane. In compagnia dei fantasmi della sua vita. I suoi sgomenti.

Oh George avresti dovuto spaccare la testa a quei bastardi!

Invece spaccarono la sua di testa.
A furia di irrisioni era divenuto un uomo ancor più timoroso. Aveva terrore di recarsi a fare la spesa. Provava panico a compararsi con chiunque. George, un uomo debole, deriso dal mondo. Nel suo lungo tempo libero, amava passeggiare per le stradine di un maestoso parco. Si soffermava ad ammirare le fronde degli alberi che coprivano agli occhi la vista del lago.

Oh George avresti dovuto cavargli gli occhi! Strappargliéli con le tue dita!

Ed invece era stato lui a divenire cieco.
Cieco nei confronti della sua vita. Cieco verso il fato beffardo. Era stato fermato nel parco da un uomo. Un tipo inconsueto, vestito di cenci, dai capelli grigi e lunghi, con il viso rubicondo, senza denti. Gli aveva sciorinato svariate teorie. Insolite. Davvero curiose.

Ma un uomo annullato dal mondo, con la bocca serrata dall'impassibilità, con gli occhi spenti di chi ha solo pianto, un uomo grasso, un uomo solo (insomma George), aveva creduto in quelle parole. Aveva confidato in quell'individuo sporco e sdentato. Gli aveva sorriso.

Si erano seduti su quella panchina in cui George aveva consumato per anni i suoi solitari pasti. Avevano guardato insieme quella striscia di lago coperta dalla fronda. George gli aveva parlato del suo passato. All'inizio balbettando, poi le parole erano diventate un fiume in piena. Gli aveva svelato tutto.

Oh George non dovevi farti abbindolare... no George

Ed invece il vecchio astuto lo aveva giocato.
Gli aveva offerto la soluzione ai suoi problemi. Certo non poteva restituirgli la famiglia, ma quei rotoli di lardo sarebbero scomparsi. Poteva giurarci! Così gli consegnò una polverina. Sarebbe bastato scioglierla nell'acqua e berla. Una sola volta. Non volle soldi in cambio...no, no...niente lercio denaro. Che quei volgari bigliettoni andassero al diavolo. Volle molto di più.

Oh George non dovevi credergli! Avresti dovuto strappargli i capelli!

Quando George, reso snello dall'intruglio, ritornò al parco, lo rivide. Seduto lì sulla sua panchina, di fronte il suo lago, celato dal tramonto.
«Ti aspettavo» gli disse.
George si sedette, nella sua nuova sfolgorante esteriorità. Nei suoi nuovi pantaloni emme.

Oh George ...quanto eri bello...se eri bello...e così dannatamente stupido...

«Ora dovrai fare qualcosa per me»
«Cosa, cosa? Tutto...chiedimi tutto»

Oh George non dovevi essere così malleabile…no… George

«Una cosa che farà piacere ad entrambi»
fece una pausa e poi aggiunse:
«uccidere quegli stolti fanciulli che ti insultavano»
altra pausa...e poi:
«e dovrai portarmi le loro teste»

Oh George eri solo un bambino timido e grasso, non eri cattivo, George. Eri così buono!

George accettò.
Nella fatiscente cucina ritrovò alcuni attrezzi che gli sarebbero tornati utili nella sua caccia. Li mise nella sua sbilenca borsa nera e si avviò. Nel passare davanti lo specchio del corridoio, si fermò per la prima volta ad osservarsi. Magro. Con gli occhi così verdi, così attraenti. Si riavviò i capelli e si scoprì piacente. Un uomo giovane, dai capelli color miele dai lineamenti delicati. Sorrise alla sua immagine e si incamminò. Senza riserve. Senza paure. Per la prima volta nella sua angustiante vita.

Oh George non dovevi dar retta a quello schifoso verme!

E così George, dopo anni ed anni di insolenze, villanie e meschinità, si decise a far fuori i suoi antichi oppressori. Fece come gli aveva detto il suo nuovo amico. L'unico, in verità, che avesse mai avuto. Attese il primo, avvolto dall'oscurità, dietro una siepe.

Oh che nobile attesa, George...avresti dovuto farlo prima

Lo vide giungere con passo risolto. Con la sua valigetta da avvocato. Con i suoi abiti pregiati. Fischiettava alla vita, spensieratamente. Oh quel fischio! Oh quel dannato fischio! Riportò George al tempo in cui, quell'odioso bambino, ora lodevole avvocato (del demonio sicuramente), gli lanciava bucce di banana addosso, tra le risa degli astanti. Fu la goccia che fece traboccare il vaso. Con un mossa fugace sbucò dalla siepe. Gli afferrò il collo con una mano e con l'altra gli tappò quella fottutissima bocca.

No, non per le urla…no … per quell' infernale fischiettare!
Fu semplice. Così semplice, eppur così gradevole. Nell'aria frizzante della sera gli staccò la testa e la mise nella borsa. Poi, nonostante la serata fitta d'impegni (piacevoli, per carità…) si soffermò a prelevare qualche ricordo e ad assaporare l'antica vendetta.
Da non crederci, non lo aveva riconosciuto, il bastardo. Aveva dovuto rinfrescargli la memoria… eh sì lo aveva fatto, con vero diletto. A bastonate ogni qualvolta non azzeccava il suo nome. Aveva riso mentre l'avvocato agonizzava e urlava George! Certo che aveva riso, fino a sentirsene male. Ma poi il dovere chiamava. Di fretta aveva finito il lavoro quando l'uomo aveva perso i sensi.

E ora toccava al numero due.

Oh George non ti piacerà la tua ricompensa, no George

Terminato lo sterminio, si incamminò di gran lena dal vegliardo. Lo trovò ad attenderlo. Lì sulla stessa panchina di sempre, ad osservare il lago sotto il barlume bianco della luna. Gli mostrò le teste, ma l'uomo non parlò. Lo guardò fisso negli occhi e poi cominciò a sogghignare.

Oh George cosa succede? Perché ride? Ride di te?

Proprio così il vecchio rideva di lui, lo beffava. George non capiva.
Perché? Perché? Perché?
Ma il vecchio scomparve. Un frantumarsi di vetro e fu buio. Dove prima era l'uomo ora il nulla, il vuoto. George si sedette sulla panchina. Poi si stese e dormì. Le sue ultime ore da uomo magro, le sue ultime ore da uomo.

AH-AH-AH George, te l' hanno fatta un'altra volta,eh?

«No no zia, noo, nooo. Non sono più un grasso balordo impacciato. Ora sono un uomo, sono un Uomo!»
Poi abbassò lo sguardo e vide il suo pancione tremolante come gelatina di nuovo lì. Dove era sempre stato. Al chiarore del sole di

mezzogiorno si evidenziava ancora meglio. Nessuna ombra a snellire. Poi guardò i suoi vestiti. Erano tornati quelli di una volta. Il pantalone di lino largo, la polo bianca e lì sulla panchina la sua borsa nera.

Oh George, piccolo bambino mio, che ti hanno fatto?

ERA STATO TUTTO UN SOGNO?

No, non lo era stato.
A ricordarglielo un giornale spiegazzato ai suoi piedi, con le foto delle sue vittime.
Prese la borsa e si incamminò. Verso casa.
Verso l'inferno.

L'Ombra del vicino è sempre più Nera

Da anni ormai, Rosa Frittosa, zitellona sui 60, controllava immancabilmente tutte le sere l'ombra di Filippo, il suo vicino di casa.
Anche quella sera non faceva eccezione. Era in cucina ad ammassare la pasta, quando il vicino era uscito per andare al lavoro prima del tempo. Sorpresa, era corsa in giardino con il matterello in mano, aveva infilato la testa nel buco che aveva preventivamente creato nella siepe che divideva la sua proprietà da quella di Filippo e, favorita dal buio della sera, aveva osservato la figura dell'uomo allontanarsi sotto la luce dei faretti del giardino, verso l'utilitaria parcheggiata sulla strada.
"Sempre più nera" aveva pensato con invidia ed era tornata in cucina, borbottando ingiurie, a rigirare il ragù.
"Chi si crede d'essere quel pompiere panzuto?"
Ed intanto si accaniva sull'impasto. Immaginava la pasta trasformarsi nella pancia tondeggiante di Filippo e non la smetteva più di prenderla a pugni, a costo di renderla inutile allo scopo a cui era destinata: diventare tagliatelle.
Filippo Gulìo, era un rispettabile vigile del fuoco, sposato e con prole. Un uomo solare, sempre con il sorriso stampato sul bel viso tondo rubicondo, con l'unico difetto di avere troppo a cuore i manicaretti di Maria, sua moglie. Due erano le cose a cui non poteva rinunciare: il cibo ben condito ed i suoi adorati baffi che curava meticolosamente ogni mattina. *Quei dannati baffi, che si muovevano sornioni mentre apriva e chiudeva il forno che aveva per bocca . Una delle tante cose di Filippo che mandava in bestia Rosa.*
In realtà l'infido baffo del Gulìo poco aveva a che fare con il risentimento della Frittosa nei confronti del pompiere. La cosa era ben più complessa. Sin da bambina, Rosa era depositaria di una propria teoria sulle ombre. Quanto più queste erano nette e scure tanto più la morte era lontana. Taluni potrebbero obiettare che a seconda della luce l'ombra muta il suo colore, oppure che intervengono altre variabili che influenzano la sua consistenza. Ma,

signori, mi stupisco di tanto scetticismo! Stiamo parlando di osservazioni fondate su cognizione di causa, svolte da una donna ingegnosa nel corso della sua totale esistenza. Stiamo parlando di confronti reali effettuati su svariati individui esposti a disparate tipologie di luce. Qui si mette alla berlina la perizia percettiva di una morigerata casalinga, di una signorina retta e corretta, per diamine!

Proprio queste sue ipotesi l'avevano spinta all'astio nei confronti dell'ignaro uomo, che puntualmente la salutava arricciando il baffo ogni qualvolta si scontravano per strada, causando l'ira delle povera donna, dotata di un'ombra notevolmente più diafana.

Sempre più convinta delle proprie deduzioni, dopo aver ingurgitato le tagliatelle al ragù, Rosa salì precipitosamente le scale per recarsi in soffitta e senza levarsi neppure il grembiule da cucina, si sistemò alla vecchia scrivania. Il tempo delle ipotesi era finito, c'era bisogno di fatti. Necessitava mostrare al mondo intero che aveva ragione, o almeno a se stessa.

Così senza perdersi in ciance mentali, estrasse con risolutezza dal cassetto un album da disegno nuovo di zecca e cominciò a disegnare le trappole mortali che avrebbero dimostrato che Filippo Gulìo, irreprensibile cittadino, decoroso vigile del fuoco dal baffo sornione, era pressoché immortale e dotato di quello che volgarmente si dice "un culo eccezionale".

Dopo due ore di studio incallito, la sua arguta mente era riuscita a partorire tre insidie mortali, distribuite in ordine di pericolosità crescente.

La prima, la più innocua, era di una banalità spaventosa. Consisteva nel tendere il filo del bucato da un lato all'altro del vialetto che Filippo attraversava diligentemente ogni sera per recarsi alla sua macchina, regolarmente parcheggiata sulla strada.

La seconda era più arguta e decisamente più macchinosa. C'era stata ben 40 minuti a ponderarne i dettagli. Poi, quando stava per arrendersi, era sopraggiunta l'illuminazione. Così era rimasta seduta a disegnare rinunciando al pollo "cellofanato" che ogni qualvolta apriva il frigo si insinuava prepotentemente nei suoi pensieri, seducendola con le sue cosce croccanti ben tornite.

Era a conoscenza dell'abitudine del caro Filippo di fare dieci minuti di cyclette al mattino, per mettere a tacere la sua coscienza che

immancabilmente gli sottolineava il considerevole soprappeso. Dunque sarebbe bastato inserire un filo di ferro che alla prima pedalata dello sportivo sarebbe sbucato fuori all'altezza della gola per poi trafiggerla. Niente di più semplice per lei che poteva insinuarsi nel rifugio dei Gulìo come e quando lo desiderasse. Era pur sempre la loro buona vicina e la moglie del panzone non avrebbe certo rifiutato la pizza che solo lei, Rosa, era in grado di preparare in quel modo così speciale. Sarebbe stato semplice inserire quel filo mentre Maria preparava il caffè in cucina.
Riflettendo su questo dettaglio le venne in mente anche la terza trappola. Ogni sera Maria preparava diligentemente la caffettiera per il mattino seguente, di modo che a Filippo, che si alzava sempre ben due ore prima di lei, bastasse accendere il gas del fornello per sorbire un buon caffè. Non era una buona idea mettere la benzina al posto dell'acqua, forse? Si sarebbe mai accorto, il baffone, dell'odore del liquido, mentre era in bagno aspettando che il caffè fuoriuscisse dalla macchinetta? Una variabile da non sottovalutare. Neppure c'era da sottovalutare il rischio che avrebbero corso i familiari nello scoppiare dell'incendio. Ma al diamine! La scienza si nutre di vittime! Che morisse Giuda con tutti i farisei! Dunque non restava che applicarle.

La finestra della cucina di Rosa affacciava sul giardino dei Gulìo. Per tutto il giorno altro non aveva fatto che andare avanti e indietro dalla cucina. Nella mattinata, Maria era uscita a stendere il bucato. Nel pomeriggio Filippo aveva ripulito il giardino dalle foglie morte. Sapeva che per mettere in atto il suo tranello avrebbe dovuto aspettare fino a 30 minuti prima dell'ora x, l'ora in cui il Gulìo andava al lavoro.
Trepidante, attese il momento giusto. Tese il filo trasparente da un parte all'altra del vialetto, confidando nella sorte. Poi di gran carriera si nascose dietro la siepe, nell'attesa del passaggio di Filippo. Guardò l'orologio, erano ormai quasi le 19. Il Gulìo era in ritardo pazzesco. Possibile che non si recasse al lavoro? Era un'assurdità. Il buon vicino era prevedibilissimo. Ed infatti, pochi minuti dopo, scorse prima l'ombra gagliarda e poi il panzone ballottare verso la macchina. Filippo non notò la corda, ci cadde sopra come previsto. Lestamente Rosa fece saltare il cordino, di

modo che Filippo non si rendesse conto di nulla. L'uomo intanto, dal pavimento del vialetto inveiva contro le sue scarpe nuove, non rendendosi conto che un taglio sul naso gli aveva imbrattato i baffi di sangue. *Bella scocciatura*, pensò. Si rialzò spolverandosi i pantaloni blu e tornò a passo spedito verso casa. La trappola, come previsto, non aveva fatto alcun danno. *Era ovvio,* meditò la donna, una trappola insignificante come quella poteva lasciarci secco solo qualche sciagurato dall'ombra totalmente trasparente. Aspettò che il Gulìo ripassasse per recarsi al lavoro e poi tornò, assorta nei suoi pensieri, a casa. Chiuse la porta e vi si appoggiò contro. Forse non era giusto quello che stava facendo. Forse tendere trappole a qualche ignaro vicino non le avrebbe portato nessuna cosa buona. Eppure sentiva che doveva continuare nell'impresa, dare un senso alla sua esistenza. Si scrollò i pensieri di dosso e corse ai fornelli. C'era una pizza da preparare ed erano già le 7 e 30 di sera. Lestamente tirò fuori l'impasto già pronto, lo stese nella teglia , versò sopra la salsa di pomodoro ed infornò.

Alle 8 erano pronte. Lei e la pizza.

Maria l'accolse come previsto. La fece accomodare nel salottino e andò in cucina a preparare il caffé. La cyclette era proprio lì vicino al divano. Rosa non ebbe da fare altro che inserire il filo di ferro cercando di nasconderlo come meglio poteva. Un'operazione da nulla che richiese si e no un minuto. Quando Maria tornò con il caffé trovò Rosa dove l'aveva lasciata, non sospettando affatto che la megera avesse sistemato una trappola mortale per il suo panciuto consorte. Chissà, magari se lo avesse intuito l'avrebbe finanche aiutata. Non ci è dato saperlo. Per noi hanno peso solo Rosa e le sue ombre.

Dopo aver sorbito quell'acqua sporca che Maria si ostinava a spacciare per caffé, con la bocca amara, la Frittosa si ritirò nella sua proprietà. Si attardò in veranda, sulla sedia a dondolo. La sera era tiepida ed il lieve alito di vento che muoveva le fronde degli alberi, la rasserenava. Il dondolio della sedia le mise sonno e si assopì, proprio lì sulla veranda.

Quando il Gulìo rincasò la scorse dormire della buona. Scosse la testa, sorrise e a saltelli raggiunge l'ingresso della sua abitazione.

Rosa non ci sta con la testa meditò. Poi, siccome l'ora era tarda, non perse altro tempo a rimuginare sulla cosa e si lanciò su per le scale, in una corsa (a parer suo) sfrenata verso la camera da letto.
Alle 4 del mattino, Rosa avvertì un brivido. Si era addormentata come una stolta sulla sedia a dondolo, all'aria aperta. Si sarebbe buscata un raffreddore che le avrebbe alleggerito ulteriormente l'ombra. *Dannazione*! In stato confusionale entrò in casa ed invece di andare a dormire si preparò un vero caffé, non come quello di Maria.
Filippo sarebbe saltato giù dal letto 3 ore dopo, inconsapevole della sorte che gli sarebbe toccata quel giorno. La Frittosa aveva una gran voglia di assistere. Questo tipo di spettacolo non è cosa da tutti i giorni. Doveva trovarsi lì subito dopo che il filo di ferro avesse fatto il suo lavoro. *Ma come, come perdiana, come???*
Bussare alla porta dei buoni vicini per una tazza di zucchero? A quell'ora del mattino? Filippo l'aveva vista sicuramente mentre giaceva inerte sulla poltrona tra le braccia di Morfeo. Poteva essere una buona scusa l'essersi svegliata presto a causa di quell'intoppo e non essere in forza per scendere a comprare lo zucchero. Difatti era vero. Su questo almeno non avrebbe mentito. Alle prime luci dell'alba, osservò il mondo colorarsi di azzurro. Poi verso le 6 e 30 quando stava per addormentarsi di nuovo, questa volta su una dura sedia della cucina, il sole illuminò prepotentemente il tavolo su cui aveva poggiato la testa, ridestandola dal suo torpore. Mancava mezz'ora. Doveva rendersi presentabile.
Alle 7 in punto si affacciò alla finestra per spiare se tutto procedeva come da scaletta. La luce del soggiorno dei vicini era accesa. In casa Gulìo qualcuno era già in piedi e quel qualcuno era di certo Filippo. *E' ora, Filippo. Poggia quel tuo grosso zampone sul pedale della tua cyclette, l'ho accessoriata con qualcosa che ti lascerà di stucco.* Rise, prese un barattolo vuoto ed uscì, all'oscuro della terrificante sciagura che le sarebbe precipitata addosso.
Intanto, in camera da letto dei Gulìo, Maria si agitava nel lettone in preda a feroci incubi. Poi aprì gli occhi dimenticando d'incanto cosa l'avesse fatta svegliare così di soprassalto. Indossò la vestaglia. Filippo di sicuro era già a pedalare per smaltire 5 calorie della 5000 assunte con la prima colazione. Invece Filippo quella mattina aveva avuto altro a cui pensare, interrompendo così la routine quotidiana.

La sera prima non aveva fatto caso alla ferita che si era procurato cadendo, proprio sotto i baffi. Aveva sentito dire che i baffi erano il covo preferito della sporcizia. Rabbrividendo pensò che il taglio potesse dunque infettarsi. Tagliare i baffi era forse un'esagerazione. La ferita era piccola e rimarginata già. Eppure, per qualche assurda convinzione e premonizione di disgrazia, si vedeva già sul lettino del dottore, dove, accerchiato da 10 studenti, ascoltava l'uomo di scienza proferire teorie sulle probabili cause che avevano portato l'ignobile ferita ad infettarsi in maniera così truce. Qualche studentello arrogante, dotato di lingua biforcuta e sano cinismo, obiettava che il paziente avrebbe potuto forse evitare quel disastro radendosi alla svelta i baffi. E tutti a ridere del povero disgraziato che, a disagio con le mani in grembo, altro non poteva fare che sentirsi in colpa per quanto accaduto. I dottori lo facevano sentire sempre a disagio e perennemente in colpa: grasso, a rischio infarto aveva il coraggio di continuare ad ingozzarsi? Dunque che motivo aveva di recarsi da loro? Era così masochista da voler subire una ramanzina? Dunque, che accomodasse il suo grosso culo sul lettino e cominciasse pure a negare tutte le accuse che gli venivano fatte, perché tanto nessuno gli avrebbe creduto ed il giorno del suo funerale si sarebbero riuniti attorno alla sua bara scuotendo la testa mentre, sotto voce, confessavano alla moglie di tutte le volte che gli avevano raccomandato di seguire scrupolosamente una dieta e fare un po' di moto. Che diavolo volevano da lui? Non era forse libero di vivere come meglio credeva? Prima o poi ci avrebbe lasciato la pelle, come tutti. Anche il suo cardiologo avrebbe lasciato questo mondo. Volendo o no e, chissà, forse anche prima di lui.
Non aveva nessuna voglia di subire la tortura che aveva così dettagliatamente immaginato. Dunque, non senza malinconia, tirò fuori forbici e rasoio e fece fuori i baffi.
Maria stava scendendo le scale, quando Rosa bussò. Filippo invece era in preda alla ricerca sfrenata di un disinfettante potente. Con la testa nell'armadietto delle medicine stavo pensando se non fosse il caso di farsi un'antitetanica. Sentì la moglie salutare la vicina e questa chiedere una tazza di zucchero, raccontando di essere stanca e di aver dormito male. Ridendo pensò a dove l'aveva vista la sera prima, addormentata sulla veranda. Gli sembrava davvero plausibile

una certa stanchezza dopo essersi appisolata, senza remora alcuna nel russare, sulla sedia a dondolo.
La Frittosa si accorse subito che la trappola non era scattata e mentre Maria procedeva verso la cucina si avvicinò alla cyclette per capire la causa del fallimento. Era certa che Filippo avesse pedalato. Che le prendesse un colpo se non lo sapeva! Era un abitudinario incallito. Eppure tutto andava per il meglio o, nel suo caso, per il peggio.
Maria sarebbe tornata in pochi minuti, doveva agire e alla svelta. Si abbassò per vedere l'intoppo e nell'agitazione tirò il filo con potenza, facendolo scattare. In pochi secondi il filo le trafisse lo stomaco. Sulla sua vestaglia a fiori, comprata al mercato rionale, comparvero enormi papaveri di sangue. Cadde a terra. Colpita da un infarto.
Non ebbe il tempo di mettere in pratica il piano C. Non ebbe il tempo di verificare quanto ci fosse di vero sull'ombra nera di Filippo, ma lo ebbe per constatare che sulla sua non si era sbagliata. L'assottigliarsi della sua ombra l'aveva messa in guardia. Il colore che perdeva di intensità con il tempo, le confermò quanto aveva supposto per un'intera vita. Più l'ombra è nera più vita hai da vivere.

Ringraziamenti & Dediche

Ringrazio coloro mi hanno spinto a pubblicare questa raccolta nonostante le mie reticenze.
Un ringraziamento particolare a mia sorella Angela Francesca, autrice della prefazione di questo libro, ed al mio collaboratore Daniele Del Frate che ha contribuito all'organizzazione dei racconti di questo libro e alla scoperta di Lulu.com.

Dedico questo libro ai miei genitori Francesco D'Atri e Concetta Tarantino.

Adele Patrizia D'Atri

Indice

www.ingramcontent.com/pod-product-compliance
Ingram Content Group UK Ltd.
Pitfield, Milton Keynes, MK11 3LW, UK
UKHW020340250726
13967UKWH00005B/2025

9 781847 531599